異世界最高の
貴族、ハーレムを
増やすほど強くなる
三木なずな
Illustration
へいろー
THE STRONGEST
HAREM
OF NOBLES
Author Nazuna Miki
Illust. HEIRO

contents

このまま二回戦をやってしまおうか、
と思ったその時。
――スキル【ノブレスオブリージュ】の条件を満たしました。
――スキル【ノブレスオブリージュ】発動します。

パルテノス
「んっ……」
アリス
「んうっ——あぁああぁ！」
急に、アリスの体がビクッとなって、
つま先までピーンと伸びて、
海老反りでビクンビクンと痙攣しだした。
「あっ……」
「大丈夫か」
「は、はい……あの」
「ん？」
「ありがとう、ございます」

「い、今のって……？」

「イッたんだよ」

セレス
「そんなにいじめないでくれ」

「いじめてなんかいないぞ」

「だ、だったら——」

「意地悪してないで、早く私を抱いてくれ」

「わ、わかりません」

「もっとしてほしいか?」

「……はい」

アウクソ

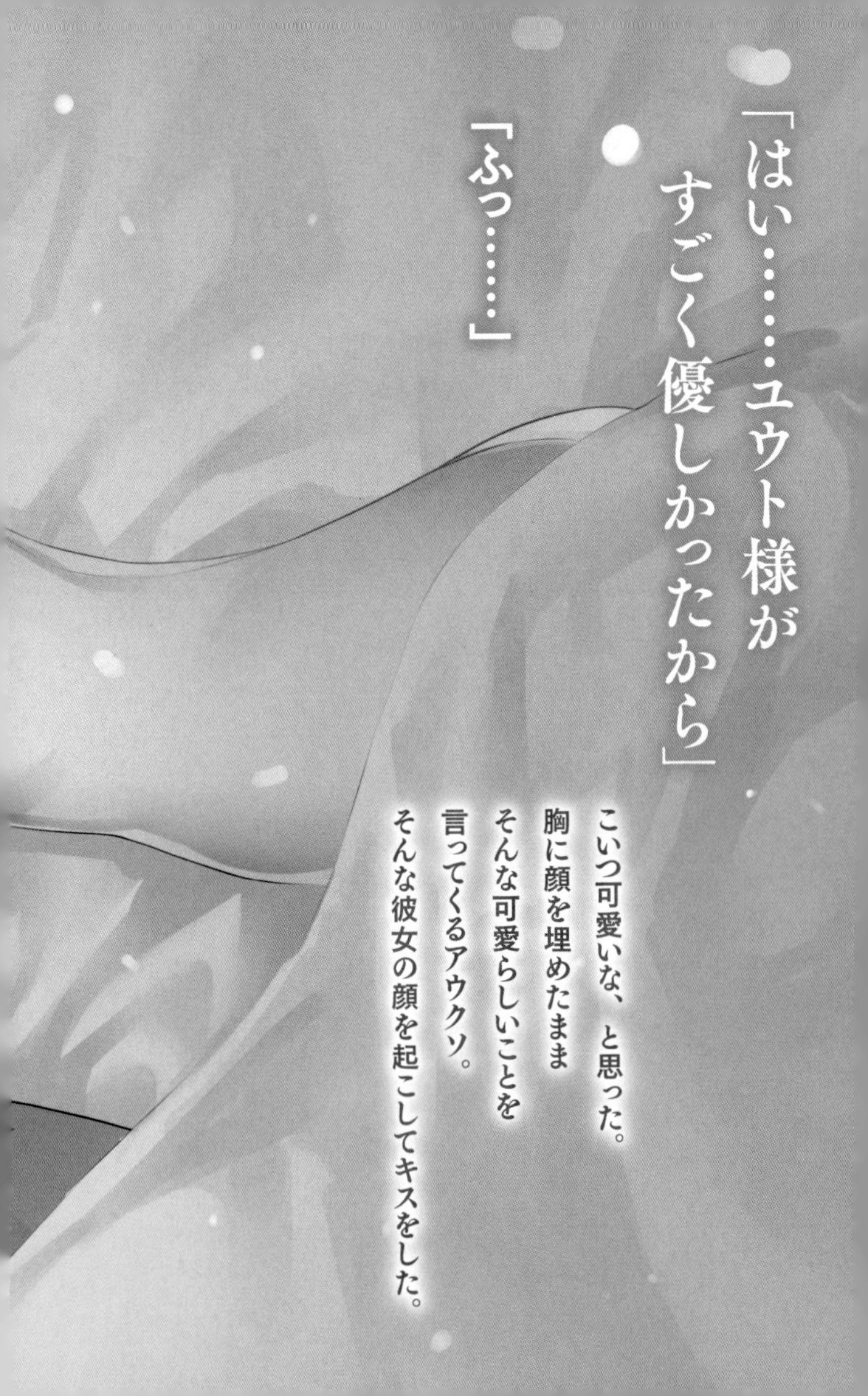
「はい……ユウト様が
すごく優しかったから」
「ふっ……」
こいつ可愛いな、と思った。
胸に顔を埋めたまま
そんな可愛らしいことを
言ってくるアウクソ。
そんな彼女の顔を起こしてキスをした。

ダッシュエックス文庫

異世界最高の貴族、ハーレムを増やすほど強くなる

三木なずな

Ⅰ話

THE STRONGEST HAREM OF NOBLES

EP.Ⅰ

黒須悠人《くろすゆうと》、三十歳。

俺はこの日も朝から満員電車にゆられながら、かったるい通勤の一時を過ごしている。

片手でつり革につかまりながら、もう片手でスマホをイジっていた。

ぎゅうぎゅう詰めの満員電車、別につり革につかまらなくても倒れはしないんだが、痴漢《ちかん》のえん罪に巻き込まれないように両手を高く上げている。

つり革付近まで上げたそのスマホで、片《かた》っ端《ぱし》からアプリを起動して、ログインボーナスを取っていく。

ソシャゲのアプリ。

マンガのアプリ。

動画のアプリ。

etc……。

今や、ほとんどのアプリに、「ログインボーナス」のシステムがある。

ちょっと前までは、ログインボーナスといえば、ソシャゲの専売特許みたいなところがあったんだけど、今はなんでもかんでもログインボーナスだ。

ゲームは課金アイテムが手に入るのとかだけど、マンガのアプリだと一日に有料マンガが一話はただで読める、みたいな感じでその権利をログインボーナスとして配っている。

そういうログインボーナスがあるアプリを、俺はひたすら立ち上げて、ボーナスを受けとってはまた新しいアプリを立ち上げて——を繰り返す。

ログインボーナスにも色々ある。

ゲーム系だと大抵はログインするだけでもらえる。

マンガだと、多くの場合、広告の動画を見た後にもらえるシステムだ。

これがまた、いい感じに時間を潰せるもんだ。

朝の満員電車、キツい通勤ラッシュ。

会社までの三十分の通勤は、これだけで時間が潰せて、苦痛がある程度は緩和《かんわ》される。

俺は無心で受け取り続けた、動画を流すだけ流して、見ないで放置した。

ログインボーナスの中には、たまに明らかに「外れ」なものもある。

例えば、ゲームを普通にプレイして、モンスターを倒す度《たび》に一〇〇〇ゴールドもらえるようなゲームバランスなのに、ログインボーナスが一〇〇ゴールド、なんてのもある。

そういうのは受け取るだけ受け取って、気にしない。

なぜなら、そういうのは大抵週間ボーナスの最初のところだからだ。

最初のログインボーナスはしょぼいけど、やっていくうちに徐々によくなったり、それか一週間皆勤でもらったら最後にドカンと大量にきたりするからだ。

ログインボーナスで、最初から最後までしょぼい、というのは記憶にはない。

だから気にしないでとにかく取っていく。


アプリを立ち上げて、取って、落とす。

アプリを立ち上げて、取って、落とす。

アプリを立ち上げて、取って、落とす。


この作業を延々と繰り返した。

たまに聞かれることはある。

こんなの苦行《くぎょう》じゃないか、やっててつらくないのか、って。

課金しちゃった方が早いだろう、って。

それは一理あるが、俺は違う楽しみ方をしてる。

俺は「ログインボーナス」というのを楽しんでいる。

ログインボーナス一つ一つしょぼくても、塵《ちり》もつもればなんとやらで、数十個のアプリから集めれば、ログインボーナスだけでもかなり楽しめるもんだ。

効率とかじゃなくて、ログインボーナスってシステムを楽しんでるんだ。

そんな感じで、無心に延々とやっていると。

「んん？」

ふと、ゲーム画面に見慣れないものが出てきた。

異世界転生　スキル：ノブレスオブリージュ

というものだ。

初めてみる画面だ。

ゲーム系、か？

エフェクトは虹がかかった、七色で派手な感じだ。

スマホゲームの場合、大抵金色の上に虹色がくる。

Aランクの上がSランクというのと同じ、そういう「お約束」だ。

それはいいけど、なんだこのアプリは。

俺はホームボタンを押した――が戻らなかった。

何度押しても、画面は同じままで切り替わらない。

ロックされてるのか……？

こういうこともたまにある。

不正とかされないように、受け取り中は他の操作ができないようになってる。

となると自分の記憶から思い出すしかないか。

でも、記憶にないなあ。

異世界転生は最近流行《はや》りのジャンルだ。

アプリの中には、そういう小説とかマンガが結構ある。

俺は割とそういうのが好きだ。

異世界転生の多くは、自分が持っている「普通のもの」が、別の世界で重宝《ちょうほう》されたりする。

料理が美味《おい》しくない？　塩をつかえばいいじゃーん。すごーい!!

って、感じだ。

それを馬鹿にする人が結構いるけど、俺は結構好きだ。

なんというか、十年くらい前に、マスコミがプッシュしてた「老後は東南アジアで夢の年金生活」に似てる。

百万円もあれば、東南アジアでいい生活ができるっていう、あれだ。

あの頃は学生だった。

百万円はバイトをがんばれば稼《かせ》げたから、この程度のお金であんなにいい暮らしができるのか、って憧れてた。
　異世界転生はそれと同じだ。
　普通《百万円》の知識でも、異世界《東南アジア》ならちやほやしてもらえる。
　だから、好き。
　おっと、思考がとんでしまった。
　好きなのはいいけど――異世界転生のゲームって、何か入れてたっけ。
　画面を見る限りゲームっぽいが、そっちでの心当たりはない。
　どうしようか、いっそのこと電源ごと落としてしまおうか？
　なんてことを思っていた、次の瞬間。
　画面がいきなりバグった。
　虹色の演出が溶けるように消えて、文字と絵が歪んで、めちゃくちゃになった。
「な、なんだ？」
　ホームボタンを何度も押した。
　画面を何度もタップした。
　電源ボタンも押してみた。
　まったく反応しない、操作できない。
　完全に画面が固まったのか、かと思えばそういうことでもなかった。

画面が変化し続けて、さらにバグっていく。
もはや元の画面の面影《おもかげ》は何一つ残ってない。
どうすればいいんだ、これ。
次の瞬間、スマホが光った。
まるで車のハイビームのように、画面からものすごい光の量があふれた。
まぶしくて、目をそらす。
「な、なんだ？」
「何が起きてる」
「テロか！」
満員電車の中がざわつきだした。
その声が――なぜか遠ざかっていく。
さらに異変が続く。
体が浮遊感に包まれた。
ふわっと体が浮かび上がって、まぶしい光の中、空中でぐるぐるしている。
上も下も分からない、ひたすらぐるぐる。
まぶしすぎて目を開けていられない。
何もかも分からない、電車の中で何が起きてるってんだ!?

次の瞬間、奇妙なことになった。

目を開けると、俺は天井を見上げていた。

天井を見上げてるってことは寝そべっている。そう気づくと、今度はすごくふかふかなベッドか何かに寝ているのが分かった。

自宅のジメジメする安い布団じゃない、出張とかで行く、ビジネスホテルの洗濯《せんたく》したてのシーツに、ふかふかのスプリングのヤツだ。

電車の中じゃない。電車はこんなにふかふかしないし、天井もこんなんじゃない。

そもそも俺が通勤に使ってる路線は、朝だろうと夜だろうと、始発だろうが終電だろうが、乗客がいっぱいでこんな風に寝そべるのは不可能だ。

だとしたら一体どこだ？

俺は起き上がって、まわりを見回そうとした——が。

起き上がれなかった。

「シーラ!!」

ドアが乱暴に開け放たれ、パン！　と壁に叩きつけられるような音がした。

その音とともに一人の男の声が聞こえた。

男の足音が、ズンズン、って感じでこっちに近づいてくる。

「あなた」

俺の横から、ちょっと弱々しい感じの女の声が聞こえてきた。

あなた？　ってことは男の嫁か？

一体どういうことだ。

起き上がれない、体がほとんど動かないから、様子がまるで分からない。

「おお、シーラ！　無事だったか。ほんっとうにすまない。出産までに戻ってやれなく本当にすまなかった!!」

「いいのです。あなたにはあなたのお仕事がありますし、無理矢理呼び戻して、悪妻と呼ばれるのは厭《いや》ですから」

体は動かないが、二人の会話は嫌でも耳に入ってくる。

やっぱり夫婦なのか、男と女の二人は。

「それに、こうして戻ってくれましたから。それだけでも嬉しいです」

「そうか。それで……子供は？」

「そこですわ」

「おお！」

今度こそ、男がこっちに近づいてきた。

足音が真横で止まると、真上からニョキって感じで顔が出てきて、のぞき込まれた。

顔、でっか！

顔がやけにでかい男は俺を抱き上げた——抱き上げた？

「えーん、えーん」

何するんだ降ろせ——と言おうとしたら、自分の口からは赤ん坊のような泣き声しかでないことに気づいた。

な、なんだ？　なんだこれは。

声を上げようとしたら赤ん坊の泣き声って、一体何がどうなってる。

そんな俺のパニックをよそに、男はさらに興奮した。

「おお！　かわいい！　かわいい!!　目元がシーラにそっくりだ。これは将来美人になること間違いなしだ！」

「もう、あなたったら。男の子に美人はないでしょう」

女はクスクスと笑った。

さっきに比べて大分元気になっている。

「いや、そんなことはないぞ。男でも美しいのならそれに越したことはない。そういう時代だ」

「それもそうですわね。でも、私はあなたのように、凛々《りり》しくて強い男に育ってほしいですわ」

「美しくて強い、最強じゃないか。きっとそうなる、なにせ私とシーラの子だからな」

「あらあら、ふふっ」

夫婦は盛大に盛り上がった。

すでにもう、思いっきり親馬鹿をかましている。

「さて、名前をつけねばな。おおっ、そういえば黒髪じゃないか」

「ええ」

「黒髪の子が生まれるとはな。ならば名前は——ユウトだ」

なに？

「いいですわね。きっと、歴史上に名を残すどの黒髪の人物にも負けないくらい、凜々しくて強い——」

「それでいて美しい」

「——ええ、美しい。そんな子に育つはずよ」

男は「あはははは」と、女は「クスクス」と笑った。

こっちを置いてけぼりにして、話がどんどん進む。

俺は困った。

困った、が。

一つの考えが浮かび上がった。

直前にスマホで見えた、「異世界転生」の文字。

もしかして、いやこれは多分それだ。

俺は、異世界に転生してしまったようだ。

2話

THE STRONGEST HAREM OF NOBLES

EP.2

ユウト・ムスクーリ。

それが俺の新しい名前だ。

うだつの上がらないサラリーマンだったが、ムスクーリという貴族の家に、三男として生まれた。

上に二人の兄がいて、その末っ子という立場だ。

末っ子に生まれた俺は、そこそこに甘やかされた。

三歳くらいまでは普通にちやほやされて育った。

そういうもんだ、と思った。

元々の俺、黒須《くろす》悠人《ゆうと》は長男だ。

「あんたお兄ちゃんなんだから」

で、子供の頃はいろいろ割りを食った。

その割りを食った原因となった相手、甘やかされた弟妹を見てきた。

下の子は甘やかされるものだと知っていた。

だから、納得して、普通に甘やかされた。

二歳くらいまでは、普通に甘やかされた。

体が成長して、しゃべれるようになったのを境に、甘やかしが加速する。

甘やかしが溺愛《できあい》に進化した。

見た目は子供、頭脳は大人。どこかのキャッチフレーズそのままの状態になった俺は、天才とか神童だとか言われて、それがますます甘やかしに繋《つな》がった。

ムスクーリ男爵家の甘やかしは相当なものだった。

そうやって、家柄チートのイージーモードで過ごして、あっという間の十七年がすぎていった。

☆

十七歳の誕生日を迎えた、朝の食卓。

俺と父親と兄の二人。

総勢四人で食卓を囲んでいる。

囲んでいる、というのは便宜《べんぎ》的な表現だ。

二十人は座れる長いテーブルで、ソーシャルディスタンスの五倍以上の距離は離れて座っている。

何かを予防してるわけじゃない。

貴族の食卓は、基本こんなもんってだけだ。

俺たち四人は、メイドたちの給仕を受けながら、朝飯を食っている。

「いよいよ今日だな」

ダイモン・ムスクーリ男爵——父親がナプキンで口を拭きながら、そう言ってきた。

「ああ」

俺は頷《うなず》き返した。

「なんだ？　いよいよ今日ってのは」

長男のナノス・ムスクーリ。

ナノスは貴族の長男らしく、傲慢《ごうまん》な態度でダイモンに聞いた。

「なんだ、覚えてないのか。今日がユウトの十七歳の誕生日だ」

「ああ、あれか」

ナノスはふっと笑った。

そしてこっちをむいて。

「しくじるんじゃねえぞ。まっ、男としてしくじるはずもねえがな」

と、ニヤニヤしながら言ってきた。

なんともまあ、意地悪な物言いだ。

十七歳の誕生日。

貴族の男は、十七歳になったら成人の男と見なされる。

同時に、あることをやらされる。それは――


女を抱くことだ。


貴族にとって、女をちゃんと抱けるかどうか、というのはかなり重要なこと。

跡継ぎを生むためにという意味合いらしくて、それをちゃんとできたら一人前の男だ。

正直初めて聞いたとき、分かるような分からないような、って感じで首をかしげた覚えはある。

そんな俺も、異世界に転生してから十七年たった。

満十七歳の誕生日で、その成人の儀式をすることになった。

「大丈夫、普通にやるから」

「まあ、お前くらいだとその辺のメイドが相手だからな。俺の時は大変だったぜ？　失敗できない相手に失敗できないシチュエーションだったからな」

ナノスはさらにマウントをとろうとしてくる。

害はないが、いちいちウザい。

「うん、それはすごく助かるよね」

会話に優しげな口調で合流してきたのはヤヌス。

次男のヤヌス・ムスクーリだ。

「僕の時もメイドだったけど、その分従順だから、楽だったことを、今でもハッキリと覚えてるよ」

「最初からそんな楽をしてどうするんだって話だがな。まあ、次男と三男じゃしょうがねえか」

ナノスは、ヤヌスにもマウントをとろうとする。

その程度のことで、その程度のマウントのとり方。

正直――「おかわいいこと」ってのが感想だ。

中身が三十歳のサラリーマン、いやそれにプラスして四十七歳の転生者か。

そんな俺から見れば、ナノスのそれは、童貞卒業したばっかのイキリ中学生にしか見えない。

年齢も十九歳なもんだから、ますますそう見えた。

なんか言い返すのも面倒だから、俺はダイモンのほうを向いた。

「父さん、それはいつから始めるんだ？」

「昼過ぎだ」

「昼か」

「夜からだと指導する方も大変でしょう?」

ヤヌスがそう言った。

俺は「なるほど」と頷いた。

女を抱くといってもそれはあくまで「儀式」で、本来は子供をちゃんと作れるようにするための「教育」でもある。

だから、事の前後には侍女筆頭《じじょひっとう》がついて、手取り足取りで指導をすることになってる。

ちなみに今の侍女筆頭は、父親であるダイモンの乳母でもあるから、俺——ユウトからすれば祖母にも等しい立場の女だ。

婆《ばあ》さんが初体験に立ち会って、指導を受ける。

貴族としては当たり前のことだが、そりゃ地獄ってもんだろ。

俺は少し考えてから、再びダイモンの方を向いた。

「父さん」

「なんだ」

「指導はいい、必要ない」

「ほう?」

「それくらいちゃんとできる」

俺が言うと、ナノスは「ははっ」と笑った。

「簡単って言われてその気になってるんじゃねえぞ。失敗したら一生の笑いモンだからな」

いちいち俺に突っかかっては、マウントをとろうとしてくるナノス。

「うーん、気持ちは分かるが、ちゃんとグレンダさんに見てもらった方がよくないかな。曲がりなりにも儀式なんだし」

「いらない、大丈夫だ」

俺はきっぱりと断った。

本当にそれはやめてほしい。

外見はともかく、中身は四十七歳のおっさんだ。

それがセックスの時レクチャーを受けるなんて……本当にやめてほしい。

だから、それを強く主張した。

そんな俺をダイモンはしばらく見つめた後。

「分かった、やってみるといい」

「おい、いいのかよ。父さん」

ナノスが不満げに言った。

「やらせてみようじゃないか。それに、ユウトならできてもおかしくはない」

「しかしな」

「できなかったとして、お前になんの不都合もあるまい」

「……はん」

ナノスはつまらなさそうに顔を背けてしまった。

「失敗したら思いっきり笑ってやる」

それでもまだ突っかかってくるナノス。

いい加減、ウザさが我慢の限界を突破しそうだ。

「失敗なんかしない」

俺はそう前置きをした上で、ちょっと反撃をしてみた。

「というか、女を抱くことで、しくじるなんてありえるのか？」

と、ナノスが最初に言った言葉をそっくりそのまま彼に返した。

すると、ナノスは顔を真っ赤にして、俺を睨《にら》んできた。

「なにぃ？」

「初体験の何をどう失敗するんだ？　俺は失敗したことがないから分からないんだ。教えてくれよ」

ナノスはわなわなと震えだした。

俺は分からない、ヤヌスも分からない。

が、ナノスには分かる。

とりあえずは「そんなことはなかった」ことにされてるが、ナノスの初体験は実は失敗してるってことが公然の秘密だ。

詳細は、メイドたちが噂《うわさ》してて尾ひれがついてしまったから、いろいろ眉唾物《まゆつばもの》だが、「入れる前に暴発した」というところは間違いないようだ。

それはまあよくある話だ。

十七歳で初体験しようとしたけど、入れる前に暴発した。

なんて、おっさん同士の飲みの席ならネタで笑い合える程度の話だ。

しかしプライドの高いナノスはそれをひた隠しにしてて、こうして匂《にお》わされただけでもぶち切れ寸前になってしまう。

挙げ句の果てには——パーン！　と、食卓を叩いて、席を立って外に飛び出してしまう。

「はあ……」

ダイモンはため息を吐いた。

「まったく、ケンカを売っておいて逃げるとは……」

と、つぶやいた。

最後はこっちから——弟から長男の兄に喧嘩《けんか》をまとめて買い上げた形になったが、父親のダイモンは気にしてなかった。

「ユウト」

「うん？」

「よくやってくれた、今後も遠慮《えんりょ》なく叩いてやれ」

「いいのか、父さん？」

「弟にすら勝てないようでは、外には出せんよ」

「そうか」

なんというか……まあ、一理ある。

しかたない、目に余るときだけしつけてやるか。

3話

THE STRONGEST HAREM OF NOBLES

EP.3

昼過ぎになって、自分の寝室の中。

俺は窓際の椅子《いす》に座っていて、俺の前に一人の少女が立っていた。

少女は緊張してて、カッチカチになっている。

名前は……確かアウクソだったっけ。

名字《みょうじ》はない。農家の出身で、口減らしのために奴隷《どれい》になる、というお決まりのルートを経て、ムスクーリの屋敷に買われてきたメイドだ。

年齢は十九歳で、転生した俺の二つ年上。

そんなアウクソは思いっきり緊張していた。

「よ、よろしくお願いします！　ユウト様！」

「ああ、よろしく。念のために聞くが、お前は初めてか？」

かっちかちになってるので察しはつくが、念のために聞いておいた。

「も、もちろんです！」

アウクソは赤面しながらも、身を乗り出すほどの勢いで言い切った。

まあ、そうだろうな。

これは練習だから、ますます初めての子を相手にしなきゃいけない。

なぜなら女とは違って、男は生まれた子が確実に自分の子かどうかっていう確証はない。

元の世界だったらＤＮＡ鑑定でも受ければいいんだが、異世界にそういう技術はない。

魔法で血の繋《つな》がりを調べる方法はないのかって思ったこともあって調べてみたが、この世界の魔法は「何かを破壊する」――つまり攻撃魔法に特化しているらしい。

だから、生まれた後に血の繋がりを確定させる方法はない。

一番無難な方法は、処女を相手にすることだ。

処女、つまり他の男に抱かれていない相手ならば、ということだ。

まあ、ありがちな話である。

古今東西《ここんとうざい》――さらには異世界であっても、貴族と血筋と処女はバリューセットな関係だった。

血を繋ぐことが大事な役目である貴族は、処女の相手とできるかどうかというのも大事なスキルらしかった。

「さ、さっきもちゃんと検査してもらいました」

「なるほど」

その辺はちゃんとしてるわけね。

何をどう検査したのかは……まあ追及しないでおこう。

「よし、じゃあやるぞ」

「は、はい！」

ますます緊張して、声が上ずるアウクソ。

俺は彼女をそっと抱き寄せた。

引き寄せて、腰に手を回して、あごを摘《つ》まんで顔を上に向かせる。

そして――キス。

「んっ……」

唇を塞《ふさ》がれたアウクソ、当然の如《ごと》くさらに体が強《こわ》ばった。

目がカッと見開かれて、ムードもへったくれもない状況になってしまう。

そんなアウクソの唇をねぶるようにして吸った。

緊張のせいか、唇が冷たかった。

唇で挟んで、アウクソの唇をついばむ。粘土をこねくり回すようについばんで、吸い上げていく。

それを何度も何度も繰り返した。

体と心を「ほぐす」ところから始めた。

しばらくすると、冷たくて微《かす》かに震えていた唇が熱を持ち始めた。

同時に、体が脱力していく。

崩れ落ちていくアウクソの体を抱き留めた。

「ゆうとさま……」

目がとろんとして、口調に「甘さ」が出始める。

そんな彼女をしっかり抱きしめたまま、目をまっすぐと見つめ。

「もっとするぞ」

「はい……」

頬《ほお》を赤く染めて受け入れるアウクソ。

そんな彼女にもう一度キスをした。

念の為にもう一度唇をついばむところから再開したが、唇がすっかり柔らかくとろけていたから、次のステップに進んだ。

唇を割って、舌を差し込む。

「んぐっ⁉」

アウクソは驚き、再びカッと目を見開かせた。

唇がとろけて全身が脱力しかかっていたのだが、両方とも一瞬にして固まってしまう。

「んん！　んぅ――」

もごもごと何かを訴えかけてこようとするアウクソ。

何をするんですか！　っていうのが顔からも見て取れた。

構うことなく、さらに舌を差し込んで、彼女の舌と絡ませた。

アウクソの舌を「誘い出して」、絡める。

舌が絡み合い、唇の隙間《すきま》から粘ついた音が漏《も》れ出した。

アウクソの口の中はやけどしそうなくらいに熱かった。

熱が舌を通してこっちに伝わってきて、自然と、俺の股間《こかん》に血液が流れ込んでいった。

春めいた気持ちが、へその下の一点に集まる。

一瞬強ばったアウクソの体は、いよいよ完全に脱力して崩れ落ちた。

とっさに抱きかかえると、俺に全体重がかかるような形になった。

脱力して、目がとろんとなっている。

そんな彼女の腰に手を回したまま、目を真っ直ぐ見つめて、聞く。

「どうだった？」

「……」

「アウクソ？」

「……はっ、す、すみません！　ぼうっとしちゃってました!!」

アウクソはハッとして、慌てて出す。

「いや、いいさ。それよりもどうだった？」

「どう、って……」

我に返ったアウクソは目をそらした。

顔ごとそらしたために、耳の付け根まで真っ赤になっているのが見えた。

それだけで悪くはない、というのが分かるのだが。

「どうだった。ちゃんと答えろ」

俺は言葉にするように迫った。

逃げられない、と分かった彼女は観念した様子で、顔を伏せつつ上目遣いで俺を見て。

「す、すごかったです……」

「ほう、すごかった。どのあたりが？」

「えっと、えとえと……」

さらに追い込んでみた。

これくらいの若い女の子がこうしてあわあわしているのを見ると、どうしても悪戯《いたずら》したくなってしまう。

そんな俺の悪戯心など知る由《よし》もなく、アウクソは必死に考えて、答えた。

「き、キスって、舌も使うんですね」

「なんだ、そんなことも知らなかったのか」

「はい……聞いたこともないです……」

「聞いたこともない、か」

俺はふっと笑った。

これが元の世界、現代日本で同じようなことを言われたら「あーこいつカマトトぶってんな」とか思っただろうけど、ここは異世界だ。

転生してから十七年間で分かったことが「一つ」ある。

ここはネットがなくて、知識の共有がひどく遅れている世界。

知識は、本当にごくごく一部の人間しか持っていない状態だ。

その知識は財産だとされて、進んで一部の人間が独占している。

奴隷《どれい》出身のメイドがそれを知らないのなら、まあそんなもんかとすんなり納得した。

まあ、しかしだ。

たとえカマトトぶってようが、本当に知らなかろうが。

そんなのは、どうでもいいことだ。

抱ける女を目の前にして、気にするようなことじゃない。

目の前にいる少女は好きに抱ける女。

そして、俺のキスで「とろけた」。

いまはその事実だけで十分だ。

俺はふっと笑って、アウクソの目をまっすぐのぞき込んだ。

「脱がすぞ」

と宣言した。

「は、はい！」

意気込んで頷《うなず》くアウクソを脱がした。

まずは上半身をはだけさせた。

メイドらしい安っぽい肌着をずらして、おっぱいを揉《も》みしだく。

薄い胸だった。

無乳ってほどじゃないが、いいとこ微乳ってレベルだ。

そんな、十七歳の少年の手にすらすっぽり収まってしまう胸を揉みしだく。

真ん中に芯が残っている、硬かったおっぱいを揉んでいく。

最初は硬かったが、こっちも舌と同じように、揉んでいくうちに次第に熱を持って、柔らかくなっていった。

「んぅ……あん……」

アウクソは嬌声《きょうせい》を上げ始めた。

なまめかしい吐息を漏らして、股間をもじもじしだした。

「どうだ？」

「わ、わかりません」

「もっとしてほしいか？」

「……はい」

数秒の逡巡《しゅんじゅん》のあと、アウクソは小さく頷いた。

俺はさらにフッと笑い、さっきよりも優しくおっぱいを揉んだ。

可愛《かわい》らしい乳首を摘《つ》まんで、軽く引っ張りながらこねり上げる。

「ひゃん！」

アウクソは声を上げて、ビクン、と体が硬直した。

それで完全に無防備になったアウクソの「下の方」に手を伸ばした。

これまた質素なパンツの中に手を入れて、女の子の一番大事なところをまさぐった。

「――――ッッ！」

アウクソはまるで雷に打たれたかのように、体を弓なりにのけぞった。

執拗《しつよう》になで回してやると、アウクソはビクン、ビクンとけいれんしだした。

今のでまさか……？　と思ったんだけど。

「……」

けいれんしつつ脱力していって、息も絶え絶えな彼女を見て、今ので達したんだと分かった。

そろそろだ、と思った。

俺はアウクソをベッドの上に寝かせて、彼女の上に覆《おお》い被《かぶ》さった。

彼女を愛撫《あいぶ》している間に、空いてる片方の手で自分の服を脱いだ。

ベッドの上で、俺とアウクソはどっちも素っ裸の状態になった。

「アウクソ」

「…………え？」

「いくぞ」

何を？　って顔をするアウクソ。

彼女の返事を待たずに、俺は腰をぐっ、と押し出した。

プツッ！　という何かが切れた音が、体内から伝わってきたような気がして……。

俺は十七年ぶりのセカンド童貞を卒業した。

4話

THE STRONGEST HAREM OF NOBLES

EP.4

事が終わった後、俺はベッドの上でアウクソに腕枕をした。

十七年ぶりに女を抱いた。

最中はものすごくがむしゃらになって、後になって我ながら必死だなあと思ってしまった。

まあそれでも、ガチ童貞よりはマシなはずだ。

失敗らしい失敗はなかった。

俺はアウクソに腕枕したまま、聞いてみた。

「どうだった?」

「わ、わかりません」

アウクソは恥じらって、俺の胸に顔を埋めてしまった。

俺はふっ、と笑った。

アウクソの「そんなの恥ずかしい!」っていう反応は、少なくとも失敗には程遠い。

それで俺は満たされた。

抱いた女を満足させたというのは、男にとって掛け替えのないほどの喜びになる。

前世での経験が生きたな、と思っていると。

「でも」

俺の胸に顔を埋めたまま、アウクソがおずおずと切り出した。

「ん？」

「聞いてたよりは大丈夫でした」

「そうか？」

「はい……ユウト様がすごく優しかったから」

「ふっ……」

こいつ可愛いな、と思った。

胸に顔を埋めたまま、そんな可愛らしいことを言ってくるアウクソ。

そんな彼女の顔を起こしてキスをした。

不意打ちされたアウクソはびっくりして一瞬ビクッとしたが、抱く前よりもすんなりとキスを受け入れるようになった。

同時に、少し舌の先端で突っついただけで、向こうから迎え舌をしてきた。

受け身だけど積極的なアウクソに触発されて、直後だっていうのに股間《こかん》がうずき出した。

十七年ぶりだし、まだまだし足りてないし。

このまま二回戦をやってしまおうか、と思ったその時。

――スキル【ノブレスオブリージュ】の条件を満たしました。

――スキル【ノブレスオブリージュ】を発動します。


「なに?」

「え? どうしたんですか、ユウト様」

「どうしたって、今の聞こえなかったのか?」

「今の?」

アウクソは首をかしげた。

目を見開き、きょとんとしている。

「聞こえなかったのかって……何をですか?」

「……スキルがどうのこうの」

「ううん、聞こえなかったです……けど」

声が途中から小さくなっていくアウクソ。

言ってから、俺の不興を買ってしまったんじゃないか、って感じで怯《おび》えだしたのがありありと見て取れた。

そういう反応をするってことは、本当に聞こえなかったってことか？

空耳……だっていうのか？　あれが。

なんて思っていると。

――スキル【ノブレスオブリージュ】によりスキル【占い】を複製。

――スキル【ノブレスオブリージュ】によりスキル【占い】が【予言】に進化します。

同じ声がまた聞こえた。

矢継《やつ》ぎ早《ばや》に色々聞こえてきた、ここまで連続で、しかもはっきりと聞こえてたらもはや空耳じゃない。

これも聞こえてないのか？　って顔でアウクソを見ると、彼女は相変わらず首をかしげてて状況を呑《の》み込めてないって顔をしていた。

俺にだけ聞こえてるってのか？

「そもそも……ノブレスオブリージュもそうだけど、スキルの【占い】ってなんなんだ？」

「え？」

アウクソが反応した。

さっきまでの「きょとん」とは、まったく違った感じの反応だ。

「ん？　今度はどうした」

「占いって、スキルのことですか？」

「ああ、そうだが……まてよ」

俺は確か「占い」ってしかつぶやいてないぞ。

なのに、アウクソは「スキル」だって分かった。

あの声の内容を思い出した。

「占いのスキルなら……私持ってますけど。何かまずいですか？」

「お前が持ってる？」

「はい……」

アウクソにそう言われて、俺は考え込んだ。

さっき聞こえてきた声の内容を改めて考える。

占いを複製、そして占いが予言に進化。

端的にいえばそういう内容のものだ。

「……もしかして」

俺の頭の中に、ある図式が浮かび上がってきた。

☆

スキルのある世界。

それが、俺が元いた世界と決定的に違うところだ。

ゲームライクな「スキル」を、この世界の人間は当たり前のものとして受け止めている。

そのスキルはそこそこ希少なものだ。

割合で言えば、大体百人に一人くらいの割合で持っている。

百人に一人といえば、ちょっと小さめの学校なら学年トップくらいの数字だ。

少ないといえば少ないし、多いといえば多い。

それ程度には希少なスキルなのだが、それを持っていたら重宝《ちょうほう》されるのか、と聞かれるとそんなこともない。

なぜなら、スキルの中にはまったく使えない、役立たずのものもあったりする。

アウクソのがまさにそれで、持ってはいるが、それは大して役に立たないスキルだった。

だからこそ、彼女は奴隷《どれい》として売られ、そしてこの屋敷のメイドという経歴を辿《たど》った。

俺はアウクソを残して、一人でベッドから降りた。

上半身は裸のままで、ズボンだけを穿《は》いた。

半裸の状態で、考え込む。

☆

ノブレスオブリージュ。


最初はいきなりのことで何事かと思ったが、落ち着いて考えると、あることを思い出した。

俺が異世界に転生する直前のこと。

満員電車の中で、光るスマホの画面にちらっと見えた文字。

虹色のスキル——それが「ノブレスオブリージュ」だった。

「異世界転生のセオリー通りなら……」

俺は異世界転生して、その【ノブレスオブリージュ】というスキルを持って生まれた。

転生してから十七年。

あの瞬間以降、スキル【ノブレスオブリージュ】を見たことも聞いたこともないから、すっかりと忘却《ぼうきやく》の彼方《かなた》に追いやっていた。

それが再び聞こえた。

俺が実際に「異世界転生」を経験していることもあって、もはや二度とスルーできない内容になった。

「そうなると、問題はスキルをどうやって使うのかだな……アウクソ、お前の【占い】っていうのはどういうものなんだ？」

「あっ、はい！　えとえと、わたしの場合、カードを使います」

「カードを？」

「はい。それをすると、占う相手の明日の運勢が五段階くらいの評価で出ます」

「それって当たるのか？」

「えっと……当たったりする時もあるし、当たらない時も……」

「ふむ。まあ、ばんばん当たるようならメイドとかしてないで、占い師やってた方が儲《もう》かるしな」

「ごめんなさい……あっ、それと天気も分かります」

「へえ、天気」

「はい、午後の天気を三割くらいの確率で当てられます」

「微妙すぎる！」

脊髄反射《せきずいはんしゃ》くらいの勢いで、思いっきり突っ込んだ。

「天気を三割って、農夫とか漁師とかの方がまだ精度高いぞ」

「ご、ごめんなさい……」

アウクソはシュンとなった。

彼女はまったく悪くない。

「いいさ、気にするな」

「はい……んぐっ！」

気にするなって言われても気にしてそうな感じがしたから、アウクソのあごを摘《つ》まんで無理矢理にキスをした。

舌を絡ませ、アウクソをとろかせる。

唇を離した後、目を見つめて、

「気にするな」

もう一度念押しに言ってやった。

「は、はい……」

アウクソの顔から申し訳なさが消えて、羞恥《しゅうち》が戻った。

彼女のことはひとまずこれでいい、と思った俺は改めて考えた。

問題は俺の【予言】だ。

どうすればいいんだ？　どう使えばいいのか？
そう思った瞬間、俺の体が光った。
体が光って、光が体の前に集まった。
集まった光の中から、文字が浮かび上がる。
こっちの世界の文字で、「出会い：娼館《しょうかん》にあり」と書かれていた。
「……娼館、なるほどこれが予言か」
俺は頷《うなず》いた。
予言というスキルだが、俺にはなんとなく「チュートリアル」のようなものに見えた。
まあ、どっちでもいい。
予言でも、チュートリアルでも。
従ってその通りに動けばいい、というのに変わりはないと思ったのだった。

5話

THE STRONGEST HAREM OF NOBLES

EP.5

身だしなみを整えたあと、俺はアウクソと一緒に廊下《ろうか》に出た。

廊下には父親のダイモン、そして二人の兄であるナノスとヤヌスの三人が待ち構えていた。

ダイモンとヤヌスは普通に俺の部屋の前にいて、隠すことなく俺が出てくるのを待っていたが、ナノスは興味なさそうなていを装《よそお》いながら、廊下の向こうでちらちら見ていた。

相変わらずつまらんプライドをこじらせてるなぁ、と思っていると。

「どうだった、ユウト」

ダイモンが聞いてきた。

「問題なく終わった」

「そうなのかい？」

ヤヌスが、もう一人の当事者であるアウクソに聞いた。

アウクソは恥ずかしそうにうつむきながら頷いた。

「はい……ユウト様、すごく優しくしてくれて。ふわふわして、幸せでした」

それはまるでのろけのような言葉だった。

内容は曖昧《あいまい》でふわふわとしているが、もっとも重要なことは伝わった。

成人の儀式、俺《ユウト》の初体験は大成功だったと。

だからか、彼女がそう言った瞬間。

「ちっ」

遠くから思いっきり舌打ちの声が聞こえてきて、ナノスが苛立《いらだ》った様子で立ち去った。

その反応に、アウクソも含めて全員で、その後ろ姿を見送った。

「まったく、ああも狭量《きょうりょう》ではな」

「見栄を張るのなら、せめて自分が成功だったという設定くらい守らないとね」

ダイモンはため息をついて、ヤヌスは微苦笑した。

ナノスもまだ十九歳という年齢を考慮《こうりょ》すれば、そういう反応もまた微笑《ほほえ》ましく見えるから、
俺は特に何か言及することはなかった。

代わりに、ダイモンに話しかけた。

「父さん」

「うん？　なんだ」

「一つ頼みがある。アウクソを俺にくれ」

「なんだそんなことか、いいぞ」

「ユウト様……」

　ダイモンは即答して、アウクソは赤面しながら、まるで恋する乙女《おとめ》のような表情で俺の服の裾《すそ》をつかんできた。

「大事に使えよ」

「ああ」

「上手《うま》くいったのなら大丈夫だと思うけど、一応僕からアドバイス。女の子は最初のうちは大変だから、あまり無茶はしないようにね」

「ああ、分かった」

　あえて言われるまでもないことだが、ヤヌスのは好意的なアドバイスだから素直に受け取っておくことにした。

　そんなヤヌスに頷いたあと、アウクソの方を向いた。

「俺は用事があるから出かけてくる。お前は少し休んでいろ」

「はい、分かりました」

「どこかに行くのか？」

　ダイモンが聞いてきた。

「ちょっとな」

「そうか」

ダイモンはそれ以上聞いてくることなく、身を翻《ひるがえ》して立ち去った。

「じゃあね」

ヤヌスも同じように立ち去ったあと、俺はアウクソとも別れて、屋敷を出た。

☆

ムスクーリの屋敷には、各階級の使用人やら衛兵やらが合わせて五百人も住んでいて、それだけで小さな町くらいの規模はある。

俺が転生する前にいた会社の社員よりも多い。

中小企業のうちの会社には三百人もいなかったもんな。

そしてそれで全部というわけではない。

ムスクーリはあっちこっちに荘園《しょうえん》を持ってて、荘園ごとに百人規模の人間がいる。

さらに王都に持っている屋敷も、あまり住んではいないが、貴族としての見栄を張るために、この本邸よりも使用人の数が多い。

あれこれ足していけば、ムスクーリの下にいる使用人は千人単位。

俺の感覚では普通に大企業の類《たぐい》だ。

そのムスクーリ屋敷本邸の外にもうひとつ、普通の街がある。

ロスターフという街は、ムスクーリ本邸のお膝元ってこともあって普通に栄えている街だ。

感覚でいえば、地方の政令指定都市――百万から二百万人くらいの規模なのがこのロスターフだ。


そんなロスターフの街に出た。

十七歳で成人の儀式を済ませたことから、昨日までとは違って、貴族としての正装をして街に出た。

賑《にぎ》わっている街を一直線に突っ切って、目的地に向かう。

途中から、明らかに雰囲気《ふんいき》が変わってきた。

ある意味、ムスクーリの屋敷に似ている。

そこは街の中なのに、外壁に似た柵《さく》でぐるりとまわりを取り囲んでいて、柵の向こうが別の街って感じだ。

ぱっと見は街の中の街、実情を知っている人間は「地下牢《ちかろう》」とたとえる。

そこは色街、娼館《しょうかん》が集まってできた別の意味の「異世界」。

様々な身の上と事情がある娼婦が、逃げられないような作りになっている場所だ。

俺は正面から中に入った。

門番がいたが、無視して中に入った。

正門を守るような門番だが、実際は娼婦が逃げ出さないためにいる。

そのため、それなりの身なりをしている男が入っていく分には止められることはない。

それでも、十七歳の少年である俺が当たり前のような顔をして中に入ったから、門番は不思議そうな顔で俺を見つめた。

「ふむ……」

俺は中に入って、まずは品定めした。

元いた世界とそんなに変わらなかった。

飾り窓——ショーウィンドーみたいな形式もあれば、普通に客引きをしてるのもいる。

少し見て回った俺は——

「ふっ」

と、ちょっとだけおかしくなって、くすっと笑った。

どうやら異世界も元の世界も、こういうところは変わらないみたいだな。

俺は元の世界の風俗街で覚えたことを元に、娼館を選んで中に入った。

「いらっしゃい」

中に入ると、まず銭湯みたいなカウンターがあって、カウンターに一人の老婆《ろうば》が座っていた。

腰の曲がった老婆はいわゆるやり手婆《ばばあ》なんだろうか。

「おや、ムスクーリとこの坊やじゃないか」

老婆はちょっとだけ驚いたような顔で俺を見た。

「俺のことを知っているのか？」

「もちろんさ。父ちゃんは元気かい？」

「父さんのことも知ってるのか」

「もちろんさ」

老婆はゲラゲラと笑った。

「あの子の筆下ろしはこの店だったからねえ」

「そうなのか？」

それにはさすがに驚いた。

適当に――いや適当じゃないか。

大丈夫だろうと思って入った店が、まさかのダイモンが愛顧《あいこ》してた店だったとは。

なんて偶然だよ。

ちなみに、貴族の成人の儀式――初体験に娼館を使うのは決して珍しい話じゃない。

娼館は相手の「数」を揃えることが容易だし、相手になる女以外で色々とセックスに関するエキスパートが集まっているから、何かが起きてもすぐに対処しやすいのが利点だ。

ちなみに娼館側にもメリットがある。

貴族の儀式ということは、用意する女は処女だ。

娼館側からすれば、処女というのは初めて客を取る商品、この先もできれば長く出し続けたい商品。

得てして、そういうものには「ゲテモノ」な客が集まりやすいというもので、下手《へた》をすれば「壊されて」しまうこともある。

しかし、貴族の儀式ならそういうことはない。

あくまで「孕《はら》ませられるかどうか」の予行演習だ。

孕ませられるかどうか、その先子供を産ませられるかどうかという話だから、抱き方は常識的な範疇《はんちゅう》に収まる。

その上、貴族だから金払いもいい。

そういった理由がいくつも重ね合わさって、貴族が成人の儀式に娼館を使うことは決して珍しいことではない。

ダイモンの「世話」をした婆《ばあ》さんなら、その辺のこともよく知ってるんだろう。

そんな婆さんは油断ならない笑みを浮かべながら。

「坊やも大人になりにきたのかい」

と聞いてきた。

「それはさっき済ませた」

「おや」

「ついでにもう何人か抱いておきたい」

「ほっほっほ、ダイモンの息子にしてはいい男っぷりじゃないか。長男があれだけヘタレだというのに」

「ナノスのことを知っているのか？」

「初体験のあと、うちで経験を積んでいったのさ」

「なるほど」

ある意味、今の俺と一緒だな。

「で、坊やは——おや？」

婆さんは急に何かに気づいて、俺の背後を見た。

外がなんか騒がしかった。

「なんかあったのか？」

「なあに、いつものことさね」

「……？」

婆さんは平然としていたが、俺はその「いつものこと」がちょっと気になった。

「ちょっと見てくる」

そう言い残して、娼館を出た。

外には野次馬が集まっていた。

野次馬たちは一斉に上を見上げていた。

その視線を追って俺も見上げると、建物の二階の窓際に、娼婦を羽交《はが》い締《じ》めにした男の姿が見えた。

「来るなー、お前ら、だれも来るなよー!!」

男が震える声で叫んでいた。

よく見たら羽交い締めにしてるだけじゃなくて、短剣のような刃物を持って、娼婦の首筋にそれを押し当てている。

「何があったんだ?」

俺は野次馬の一人に聞いた。

「ああ、どうやら男の方が『本気』になったみたいなんだ」

「本気?」

「ああ。『本気で愛してる、俺と一緒になろう』それを断られたもんだから逆上してああなったのさ」

「……ああ」

話が大体分かった。

元の世界でもごまんとある話だ。

要は、キャバ嬢の営業トークを真に受けた間抜けな男だってことか。

こんな騒ぎを起こされたんじゃ、まともにこっちのこともできやしない。止めよう。

俺は腰に手をやった。

腰には貴族のたしなみである、装飾多めの儀礼剣《ぎれいけん》を提げている。

元の世界でいうところのネクタイみたいなもんだ。

この異世界じゃ、貴族の正装は必ず腰にこういうのが装備される。

俺もまだ十七歳とはいえ貴族の三男だ。出かけるときはこういうのをちゃんと身につけている。

この儀礼剣は「映《ば》える」が、殺傷力はたいしたことはない。

模造刀の域だ。

まあ、充分だろ。

俺は子供の身軽さを活《い》かして、建物の外枠《そとわく》を伝って、ささささっと一瞬で二階に上った。

「おい、あれ見ろ」

「すごいな、どこの店の子だ？」

「ちがうぞ、あれ貴族だ」

野次馬たちがざわつく中、俺は窓の横からパッと出て、男を背中から蹴《け》って、部屋の中に蹴り込んだ。

男は部屋の中――というかドアの方を警戒してたから、壁から上がってきた俺のことに気づかなかった。

蹴りで娼婦から引き剝《は》がされた男は、立ち上がってパッと振り向き、俺を睨《にら》みつけてきた。

「な、な、なんだ、てめえは！」

「声が震えてるぞ。やめとけ」

「うるせえ!!」

男は短剣を中腰に構えて、俺に向かって突進してきた。

俺は儀礼剣を抜き放ち、男の短剣を弾いた後、返す刀で袈裟懸《けさが》けに切り下ろした。

ボキッ……という肩の骨が折れる音がした後、男はもんどり打って倒れた。

「ぎゃあああああ!?」

「真剣じゃなくてよかったな」

「い、いてえ、いてえ……」

「大丈夫か？」

俺は未《いま》だ窓際にいて、放心している娼婦に向き直った。

「は、はい……」

「そうか」

ならばいい、と、俺は儀礼剣を鞘《さや》に納めた。

男が娼婦から引き剝がされたのを確認したのか。ドアの向こう、廊下《ろうか》から何人もの男が一斉になだれ込んできて、男を取り押さえた。

6話

THE STRONGEST HAREM OF NOBLES

EP.6

「坊や、なかなかやるじゃないか」

騒ぎを片付けたあと、俺は最初に入った店に戻ってきた。

娼婦《しょうふ》を助けたあの店でもよかったんだが、ダイモンとナノスと縁のあるこの店の方が、話が早いと思ったからだ。

戻ってくると、さっきの婆《ばあ》さんが笑顔で俺を出迎えた。

「大したことじゃない」

「長男と大分違うね、同じタネでもこうも違うもんかね」

「それよりも女だ」

「おお、そうだったね」

婆さんはにやりと笑って、それから聞いてきた。

「坊やはどういう女をご所望《しょもう》だい」

「スキル持ちだ」

「おやまあ」

婆さんは目を見開いた。

笑みが消えて、驚いた顔で俺を見つめた。

「そりゃまた珍しい要求だね」

そりゃそうだろうな。

娼館――つまり風俗だ。

顔とか体とかの要求は色々受けてきただろうが、スキルを持った女なんて要求されたことはないんだろう。

もとの世界でいえば、風俗店に行って「国家資格を持ってる女」とか言ってるようなもんだ。

そりゃ驚かれても仕方ないだろうな。

「なんでもいい、とにかくスキルを持ってる女だ。いるか？」

「ふむ――おーい」

婆さんは店の奥に向かって呼びかけた。

ちょっと間を空けて、こぎれいにしているが覇気《はき》のない中年が一人出てきた。

婆さんはその中年に向かって聞いた。

「うちにスキル持ちはいたかい？」

「スキルぅ？」

「客がそれを所望だ」

婆さんにそう言われたあと、男は訝《いぶか》しげに眉《まゆ》をひそめて俺を見た。

何変な注文してるんだ、って顔をしている。

そんな目で俺を見た男は、表情を変えて、考え込んだ。

「確か——パルテノスのヤツが【視覚強化】を持ってたぜ」

「それでいいかい？」

婆さんは俺に確認した。

「ああ」

俺は即答した。

頷《うなず》くと、婆さんは男に目配せした。

男は俺を店の奥に案内した。

店の奥に入って、階段から二階に上がる。

上がった先は長い廊下が続いていた。

廊下の両横には等間隔にドアがある。

画一的なドアの一つの前に連れてこられた。

そして、ドアを開けて中に通された。

「へえ……」

入った瞬間、思わず声を上げた。

面白い部屋だった。

間取りは1LDK――に見えたが、よく見ればキッチンがないから、1LD？　って感じの間取りだ。

ベッドのある寝室と、リビングとダイニングがある。

家具がそれぞれ見た目通りの役割なら、ここはやるだけじゃなくて、くつろぐこともできる部屋だってことになる。

俺は元の世界の風俗――ソープのことを思い出した。

あれも、ベッドのすぐ横に湯船があるという不思議間取りだ。

元の世界のソープと異世界の娼館。

不思議間取りという意味では近しいものを感じた。

その部屋の中を興味津々《しんしん》に眺めていると。

「少々お待ちを」

男はそう言い残して、部屋から出ていった。

言われた通りに少し待っていると、ドアがノックされて、一人の女が入ってきた。

「へえ」

二度目の「へえ」だった。

予想外のことで、ちょっと面白かった。

入ってきた女の見た目が面白かった。

金色のロングヘアーに、特徴的な尖った耳。

さらには透き通るような白い肌に、透明感のある美貌《びぼう》。

初めて見るが、俺はそれがなんなのかを知っていた。


エルフ。


転生してきた異世界にはエルフという種族がいて、俺もこれまでの十七年間で一度だけ見かけたことがある。

ダイモンに会いに来たどこぞのお偉いさんで、遠くからちらっと見ただけだ。

だから、実際に会話ができるくらいの距離で接触するのはこれが初めてだ。

そのエルフは、上品だがセクシーなドレスを纏《まと》っていた。

しずしずと俺に近づいてきて、優雅に腰を折って一礼した。

「初めまして、パルテノスと申します」

「ユウトだ」

「あの……」

「ん？　なんだ」

「私で……大丈夫ですか？」

パルテノスは物憂《ものう》げな感じで聞いてきた。

気後れしているような感じでもある。

「ああ」

俺ははっきりと頷いた。

彼女がそう聞く「原因」は分かり切っている。

だから、聞き返した。

「やっぱり普段はあまり客がつかないのか？」

「……はい」

「そうか」

俺はもう一度頷いた。

転生者である俺の感覚だと、エルフはストレートに「綺麗《きれい》」で性的に見れる対象だ。

むしろ創作物の中では、一ジャンルとして成り立つほど性的な相手として見られている。

だが、この世界ではむしろ逆だ。

こっちの世界だと、エルフを性的対象として見る人間の方が、白い目で見られる風潮《ふうちょう》がある。

人間なのにエルフに欲情するなんておかしい！

そういう人間のことを「妖精趣味《エルコン》」といってさげすんだりする。

元の世界でたとえるのなら――獣姦とロリコンの間くらいヤバいやつだ。

だからあまり客はつかないんだろうが、言葉ができている以上まったく需要《じゅよう》がないわけでもない。

娼館でのエルフはそういう微妙なポジションで、それが彼女の振る舞いに反映されていた。

まあでも、今の俺にはそんなことはどうでもいい。

俺は【ノブレスオブリージュ】のテストをしに来た。

「念の為に聞く」

「は、はい」

「スキルを持っているんだな?」

「え?　はい……【視覚強化】を」

「それって、目がよく見えるようになるのか?」

「はい。使うとよく見えるようになりました、草原や森にいた頃は」

「なるほど」

俺は頷いた。

もっといえばスキルの内容もこの際重要じゃない。

重要なのは持っているかどうかだ。

そして彼女は持っている。

それで充分だ。

充分なんだが――。

「ふっ、ラッキーだな」

「え？」

「お前のような美しい女が相手だとはな」

スキルのために来たが、嬉しい誤算というヤツだ。

パルテノスは美しい。

その美しいエルフは、俺の目には文字通り妖精のように美しい女にしか映らなかった。

俺はパルテノスに近づき、手を引いて抱き寄せて、おもむろにキスをした。

唇を押し当てる。

「んぐっ……」

パルテノスはビクッとなった。

体を強《こわ》ばらせた。

「……？」

俺はキスをしながら不思議に思った。

娼婦……なんだよな。

なんでキスにこんなに不慣れなんだ？

下手《へた》したら……メイドのアウクソよりも慣れてない感じだぞ。

何かの罠《わな》か、それともテクニックか？

そう思いながら、俺はパルテノスの唇を割って、舌を潜り込ませて彼女の舌と絡めた。

パルテノスはますます体を強ばらせ、俺になすがままにされた。

やっぱり不思議だ。

一方で、美しいエルフとのディープキスは、たちまち俺の股間《こかん》を元気にさせた。

一時間前にアウクソと何回もやった直後だというのに、一瞬で元気になった。

キスを解《と》いた。

二人の口の間に銀色の橋がかかった。

エルフの白い肌が上気して、なまめかしい吐息を漏《も》らした。

「あ、あの……」

パルテノスは上目遣いで俺を見上げてきた。

「なんだ」

「はやく、して下さい」

「はやく？　なんでだ」

俺は首をかしげた。

おねだりの類《たぐい》なんだろうが、早くして、なんておねだりはちょっと不思議な感じだ。

俺に聞かれたパルテノスは、微《かす》かにうつむいて答える。

「その……途中でやっぱりやめた、ってなる人もいるから」

「なんだ、そんなことか」

俺はフッと笑った。

よほどエルフということで割を食ってきたんだろうな。

実際に「やっぱやーめた」ってのをやられたことがあるんだろうな。

それならそれで、なんで娼婦《しょうふ》なんかをやっているんだ？　っていう疑問も湧いてくるが、それはスルーした。

事情があるんだろうが、そんなことはどうでもいい。

重要なのは、今俺の目の前にいて、俺に抱かれるのを待っているという事実だ。

「安心しろ。最後までしてやる」

「で、でも……」

「こんな美しい女を相手に、途中でやめる男なんかいやしない」

俺はそう言いながら、パルテノスを抱き上げて、ベッドに運んだ。

作りのいいベッドの上に彼女を降ろして、上からまっすぐ目をのぞき込む。

パルテノスは目をそらした。

「う、美しいだなんて……」

「目をそらすな」

そう言って、パルテノスの顔を半ば無理矢理に俺の方に向かせた。

真っ向から、見つめ合うようにした。

「俺を見ろ」

「……はい」

パルテノスはおずおずと頷《うなず》いた。

同時に、怯《おび》えとか戸惑いとか、そういったマイナスな感情が少しずつ消えていった。

それが消えかかった頃、俺はもう一度彼女にキスをした。

キスをして、唇を割って、舌を侵入させる。

すると、さっきよりもずっと心を開いたパルテノスは、俺が絡めていった舌に進んで絡み返してきた。

「ん、ちゅぐ……」

舌を絡ませる濃厚なキス、パルテノスが合わせてくれたこともあって、粘ついた音をならした。

俺はキスをしながら、彼女の服を脱がせていく。

娼婦の、上品ながらもセクシーなドレスは脱がせやすかった。

キスをしながらでも問題なくスムーズに脱がせられた。

全部を脱がし終えた後、一旦キスをやめて離れた。

「んぅ……え？　い、いつの間に」

パルテノスは、自分が脱がされていることに気づいて驚いた。

驚いて、両手で胸を隠した。

ちょっとだけ、違和感を覚えた。

「気づかなかったのか？」

「ごめんなさい、私、あの……」

「いいさ、それよりももっと見せろ」

「え？」

「手をどかして、俺にその綺麗な体を見せろ」

「……はい」

パルテノスは恥じらいながらも従順に頷き、ゆっくりと手をどかした。

手をどかして、生まれたままの姿になっていくにつれ、彼女の体は強ばっていく。

俺は――違和感の正体に気付いた。

「お前、まさか初めてか？」

「……はい」

パルテノスは消え入りそうな声で返事した。

「三ヶ月前に売られてきましたけど、ずっと客がつかなくて……」

「ふーん、もったいないな、こっちの男は」

俺は本気でそう思った。

エルフを好きだっていいじゃないか、と思った。

そもそもエルフ好きを、ロリコンと同じジャンルの扱いをしていることがまず理解できない。

理解できないが――まあそれもどうでもいい。

そのおかげで俺は美味《おい》しい思いができるんだから、むしろ感謝すべきだな。

「綺麗だ」

「そんな……」

「本当のことだ」

「……はい」

パルテノスは俺に組み敷かれたまま、赤面しつつ、嬉しそうにした。

前に会ったエルフも、目の前にいるパルテノスも。

そして、俺が知っているエルフの知識でも。

エルフは総じて、スリムな体型として知られている。

言い換えれば肉付きがよくない方だ。

もともと森に棲《す》み、菜食を中心に自然と共存しているという種族だ。

自然と、スリムな体型になっていってるんだろう。

そのスリムさを、抱くことに関しては物足りないと思うやつもいるだろうな。

女を抱くときはぽっちゃりめがいい、っていうヤツも多いからだ。

分かる、分かるが。

「綺麗だ」

この幻想的な美しさの前じゃどうでもいいことだ。

俺はもう一度パルテノスにキスをした。

裸になった彼女の体をまさぐった。

胸を揉《も》みしだき、大事なところを愛撫《あいぶ》する。

キスと両手、同時に行う三点攻めだ。

それは、これまで客がつかなくて「初めて」のパルテノスには衝撃が大きかったようだ。

彼女はまたまた体が強《こわ》ばって、身じろぎしつつベッドの上でもがいた。

もちろん、逃がすつもりはない。

唇と胸と股《また》、三つの箇所《かしょ》に、それぞれ異なったリズムで攻める。

そうやって一通り彼女の体を溶かしていった後一度離れた。

ベッドの上で膝立ちになって、パルテノスを見下ろした。

「や、やめないで……」

パルテノスは泣きそうな顔で懇願《こんがん》した。

「当然だ、ここまできてやめるわけがない」

「あっ……」

「股を開け」

「はい……」

パルテノスは赤い顔のまま頷き、命じられた通りに太ももを左右に大きく開いた。

すっかり蕩《とろ》かしたそこは、むわっ……とした熱気が立ちこめた。

濃厚な蜜を垂らしたような女の香りが鼻腔《びこう》をくすぐって、俺をさらに興奮させた。

俺は彼女に覆《おお》い被《かぶ》さった。

そして、至近距離から目をのぞき込んで、宣言した。

「もらうぞ」

「……はい」

そう言って、腰を突き出した。

ぷつん——と体の中を通って何かが切れた音がした気がした。

「んっ……」

パルテノスは眉《まゆ》をひそめた。

下唇をかんで、顔を背けて必死に痛みをこらえた。

俺はその顔に手を当てて、正面を向かせてさらにキスをする。

「あっ……」

「大丈夫か？」

「は、はい……あの」

「ん？」

「ありがとう、ございます」

パルテノスは嬉しそうに、俺にお礼を言った。

「別に礼を言われるようなことじゃない。さっきも言ったけどお前くらい美しい女を放っておく男が馬鹿なだけだ」

「ううん、その……お姉さんたちから聞いた話だと、最初はもっとつらくて、苦しいだけだって」

「そっちの話か」

「なのに……すごく温かくて、気持ちよくて……だから、ありがとう」

「気持ちいいのはまだまだこれからだ。するぞ、いいな」

「……はい」

パルテノスは嬉しそうに頷いた。

俺は再び腰を動かした。
俺の下で女になったエルフを満足させるために、腰を動かした。

そして――。

――スキル【ノブレスオブリージュ】によりスキル【視覚強化】を複製。
――スキル【ノブレスオブリージュ】によりスキル【視覚強化】が【透視】に進化します。

7話

THE STRONGEST HAREM OF NOBLES

EP.7

静かに寝息を立てているパルテノスを置いて、ベッドから降りた。

スキル【透視】。

パルテノスが持っている【視覚強化】をコピーして、そのコピーしたものが進化した。

アウクソの時とまったく同じだ。

俺は壁に近づいた。

スキル【透視】を使った。

最初は何も起きなかったのが、壁に額がくっつくくらいの距離まで近づくと、それまで普通の壁だったのが、まるでガラスのように透明になって向こうが見えた。

壁の向こうは娼館街《しょうかんがい》の街並みが見えた。

すこし顔を引いて距離を取ると、壁は普通の壁に戻って、向こうが見えなくなった。

なるほど、がっつり近づかないと透けて見えないってことか。

便利なのは間違いないが、クセがあるスキルだな。

まあいい、スキルはスキルだ。

これをどう使うのかは後で考えよう。

俺はぐるっと振り向いた。

パルテノスがいつの間にか起き上がってて、ベッドの上でシーツを抱きかかえるようにして自分の体を隠した。

嬉しそうで、悲しそうな。

そんな複雑な表情をしていた。

「お前、これからどうするつもりだ?」

「え? どうする……って?」

「このまま娼婦を続けるつもりか?」

「はい、そうです。他に行くところがありませんから」

「だったら俺のところに来るか?」

「え?」

パルテノスは驚いた。

「それって……どういう?」

「聞き方をかえよう。娼婦を続けるのと、俺の女になるのと、どっちがいい?」

「——っ! わ、私を……」

驚愕《きょうがく》するパルテノス。

その顔には、言葉にならない嬉しさがにじみ出ていた。

それが答えになったと思った俺は、服を着て、ドアを開けて、外に向かって呼びかけた。

「誰かいるか?」

するとさっきの男がやってきた。

「いかがなさいましたか」

「彼女を身請けする」

「え?　はあ……」

「いくらだ」

「それは……えっと」

「ああいい、婆《ばあ》さんはいるか?」

「ほいほい、ここにおるよ」

まるで様子を見ていたかのように、婆さんがひょっこりと顔を出した。

「彼女を身請けしたい。父さんと話をつけてくるから、準備をさせておけ」

「分かった」

婆さんが頷《うなず》いた。

俺は振り向き、パルテノスに言う。

「少し待ってろ」

「は、はい」

パルテノスが頷くのを見て、俺は大股《おおまた》で歩き出した。

☆

屋敷に戻ってきた俺は、出迎えたメイドに聞いた。

「父さんはどこにいる？」

「旦那様《だんなさま》なら書斎にいらっしゃいます」

「分かった」

俺は頷き、大股で書斎に向かった。

書斎に来て、ドアをノックをする。

「入れ」

ダイモンの許可が出たから、ドアを開けて中に入った。

ダイモンは立派な机の前に座ってて、封筒に蠟《ろう》をたらして、その上にハンコを捺《お》していた。

ちゃんとした相手に出す、ちゃんとした手紙の時にする封蠟だ。

それをやって、蠟がちゃんと固まったのを確認してから、ダイモンは顔を上げた。

「ユウトか、どうした」

「頼みがある、父さん」

「ほう、なんだ？」

「娼婦を身請けしたい」

「娼婦？」

ダイモンは首をかしげた。

「どういうことだ？」

「さっき抱いてきた女だ、その女が欲しい」

「ほう、早速娼館に行ってきたのか」

ダイモンは面白がる表情を浮かべた。

成人の儀式をした直後に、さっそく娼館に通った息子の行動を面白がっている様子だ。

「ああ」

「気に入ったのか？」

「それもある」

「も？」

どういうことだ？　って顔をするダイモン。

俺はダイモンに近づき、封蠟をした封筒を手にとって、至近距離で見つめた。

スキル【透視】。

その透視で、封筒の中が見えた。

「レニー殿下への手紙か、来年の遠征はちゃんと冬までに切り上げるように動いてくれ、って嘆願《たんがん》だな」

「むっ？」

ダイモンの表情が変わった。俺の手から封筒を奪い返した。

そして俺と同じように、至近距離から封筒を見つめる。

見つめたり、光にかざしたりするが、そもそもがちゃんとした相手に出すちゃんとした封筒だ。

その分厚さは、光にかざした程度じゃ透けない代物《しろもの》だった。

「なぜ分かった」

「スキル【透視】」

「透視？」

「女を抱いて覚えた」

「どういうことだ？」

ダイモンは眉《まゆ》をひそめた。

「まだはっきりとしないけど、女を抱くと、その女が持ってるスキルをコピーして、さらに進化させられるようだ」

「言っていることの意味が分からない」

「俺もまだはっきりとしない。だから、そうするために抱いた女は手元に置きたい」

「……ふむ」

ダイモンはあごを摘《つ》まんで、少し考えた。

「いいだろう」

ダイモンは頷いた。

俺がパルテノスを身請けすることを認めたのだ。

「どこの誰だ？」

「店は――名前を聞いてない、父さんが儀式をしたところだ」

「ああ」

ダイモンは小さく頷いた。

「女の名前はパルテノス、エルフだ」

「エルフか」

ダイモンは面白がって笑った。

「いいだろう、迎えに行かせてやる」

ダイモンはそう言って、サイドテーブルに常備しているハンドベルを手に取って、鳴らした。

するとと使用人が一人入ってきた。ダイモンは娼館にパルテノスというエルフを身請けする——と使用人に言いつけて、そのまま行かせた。

使用人が出ていって、ドアが閉まった後の部屋の中。

ダイモンは俺をまっすぐと見つめてきて。

「とりあえず、三人だ」

「三人？」

なんのことだ？　と首をかしげる俺。

「女を抱いてスキルを覚えるのが本当なのか。三人までなら無条件で金を出してやる。ちゃんと確認しろ」

「分かった、ありがとう」

俺は割と本気めの感謝をした。

ダイモンからの全面的なバックアップはありがたかった。

それがなくてもやれるし、やるつもりでいたが。

やはり、当主のダイモンのバックアップがあるとないとじゃ大違いだ。

さて、次はどうするか……。

8話

THE STRONGEST HAREM OF NOBLES

EP.8

「ユウト」

次の日の昼下がり、廊下《ろうか》を歩いていた俺を女の声が呼び止めた。

振り向くと、そこに四十歳くらいの、最近ちょっと横幅が増え始めた女がいた。

貴族のドレスを纏《まと》っている女は、横幅とドレスが相まって、オペラ歌手のように見える。

「母さんか」

彼女の名前はマイア。

転生した俺の産みの母親だ。

「どうしたんだ？」

「姉さんを見かけなかった？」

「アイダさんか？　いや見てないけど」

「そう？　どこに行ったのかしら……もし見かけたら私が探してるって伝えてね」

「分かった」

俺が頷くと、マイアは立ち去った。

マイアとアイダは姉妹だ。

つまり、ダイモンはいわゆる姉妹丼を食っているということだ。

転生したての頃はそれを知ってびっくりしたが、どうやら貴族からすれば、姉妹そろって同じ男に嫁《とつ》ぐことはそんなに珍しくないことのようだ。

成人の儀式と繋《つな》がる話でもある。

血筋を重んじる貴族は、血統のみで政略結婚をすることが多い。

そしてそういう政略結婚をした場合、跡継ぎである男の子を産まなきゃならない。

だが、当然の話で、必ず男の子が産まれる保証はないし、そもそも「産めない」ということもある。

そういう時は、跡継ぎを産めなかった正室が、自分の妹を夫に嫁ぐ手引きをすることがある。

姉妹なら、どっちが産んでも問題はないってことだ。

面白いのはここからだ。

そういうのは、なにも政略結婚に限った話じゃないってことだ。

恋愛結婚の場合もそういうことがよく起きる。

とくに身分違いの、ロミオとジュリエット的な恋愛の場合だ。

女が貧民だったりした場合、最初から妹もセットで嫁いでくることがよくある。

女からすれば玉の輿《こし》で、生活が改善される家に一緒に嫁いだ方が妹も幸せになれるという考えからだ。

ごく稀《まれ》に、側室として嫁いできたのが、女たちの中でも派閥《はばつ》を広げるために妹を引き込むというパターンもある。

それに対抗して、正室が自分の妹を側室に引き上げることもある――のは完全に話がそれるな。

まあそんなわけだ。

元日本人である俺には今でも感覚的によく分からん話だが、どうやら貴族ってのはそういうもんで、姉妹妻が当たり前のもののようだ。

ちなみに、ナノスもヤヌスも俺も、マイアが産んだ子供だ。

アイダは子供を産めなくて妹を引き込んだ――というお決まりのパターンだ。

まあ、こっちの世界じゃごまんとある話だ。

俺はマイアと別れて、リビングにやってきた。

そこでベルをならして、午後のお茶を淹《い》れてもらった。

すると、アウクソがやってきて、俺に給仕をした。

成人の儀式の相手をしたメイドのアウクソ。

その彼女がそのまま俺の世話係になった――のはいいが。

アウクソは、なぜか浮かない顔をしていた。

給仕はそつなくやれているが、見るからに浮かない顔をしている。

「アウクソ」

「はい、なんでしょうか」

「何を悩んでいる」

「え？」

「なんか悩んでるんだろ？」

「ご、ごめんなさい、ご主人様」

「謝れとは言ってない。どうした、何があった？」

「その……ごめんなさい」

「謝るのはいいから、何があったのか話せ」

「はい……」

アウクソは手を止めて、少しもじもじした後、俺の顔色をうかがいながら、おずおずと切り出した。

「実は……妹が売られてしまったんです」

「売られた？」

「はい、口減らしで」

「なるほど」

俺は小さく頷《うなず》いた。

こっちもまあ、転生してからよく聞くようになった話だ。

ごまんとある話だ。トラックにはねられたら異世界に転生するのと同じくらい、お約束のパターンができあがってる話。

「実家は畑をやってたんだったか？　不作か？　今年は」

「はい……そんなにひどくはないですけど、このままじゃ、今年の春に借りた種籾《たねもみ》代が返せるかどうか、ってところで……」

「ああ……たしか、春先に借金して種を買って、収穫したらそこから返す、だっけ」

「はい」

アウクソは力なく頷いた。

春先に種代を借金して収穫したら返す。

というのは、元の世界の農家からも聞く話だ。

元の世界は不作になったら政府の補助金やら何やらが出て、一発アウトってことにはならないけど、こっちの世界は台風の一発で子供を売り出すことになる。

その繋がりで、人身売買とか奴隷《どれい》とかが当たり前のように存在している。

「たしかお前も奴隷上がりだっけ」

「はい」

「だったら妹も同じことになった、それだけの話じゃないのか？」

「そうなんですけど……でも、妹を買っていったのがガラモスって人だって、実家から聞かされて……」

「ガラモス……そんな奴隷商人いたっけ」

俺はあごを摘《つ》まんで、記憶を探った。

人の名前を覚えるのは得意な方だが、その名前は聞いたことがない。

「はい……私も、お屋敷にお世話になってからはいろんな人の名前、特に奴隷商人の名前を聞きますけど、その名前を聞くのは初めてです」

「なるほど、それで不安になってるわけか。どこに買われていったのかも分からないから」

「ふむ」

俺はあごを摘まんだまま考えた。

「おや、ここで昼下がりの一時かい？」

ヤヌスがやってきた。

部屋に入ってきた彼は一直線にこっちに向かってきて、俺の向かいに座った。

「ヤヌスか、丁度《ちょうど》いい。お前、ガラモスって男を知ってるか？」

「ガラモス？　仲介《ちゅうかい》の？」

「仲介っていうか、奴隷商人の」

「あー……」

ヤヌスは小さく頷いた。

眉《まゆ》をひそめて、ものすごく微妙そうな顔をした。

「どうした？」

「うん、まあちょっとね」

「どういうことだ、教えろ」

「そうだね……事実だけを言うとね。ガラモスを通して本当に奴隷になった子って、聞いたことがないんだ」

「なんだって？　どういう意味だ？」

「ユウトは、人によって様々な趣味を持ってるって分かるよね」

「なんだ、その奇妙な言い回しは」

「本当に様々な趣味があるんだ。その中にさ、壊す、っていうのがあってね」

「壊す？」

「そう、壊す。まあ健全なところだと、薪割《まきわ》り？」

そう話すヤヌス。

普通ならここで「ああなるほど」ってなるところだが、この話の流れは違う。

間違いなく本題は「次」だ。

「……不健全だと？」

「……」

「人間、か」

答えないヤヌス、流れで察した俺。

俺は小さくため息をついて。

「仲介、か。そいつがその仲介をやってる奴なのか？」

「そうだね。表向きは上手《うま》くやっているけどね」

「そうか」

「あ、あの……ど、どういうことですか？」

アウクソがあたふたしながら聞いてきた。

ヤヌスが首をかしげた。

「彼女の妹がそのガラモスに買われていったらしい」

「それはそれは」

ヤヌスは気の毒そうな顔をした。

顔だけだ。

まあ、そりゃそうだ。

かたや貴族で、かたや奴隷メイドのさらに妹だ。

ヤヌスだから気の毒そうな顔を少しでもしたくらいで、普通なら「ふーん」くらいの地位の差と関係性だ。

「あの……ユウト様……？」

「そのガラモスに買われていったとして、彼女の妹はどうなる」

「そうだね。僕が知っている事例だと、すぐに壊すか、ゆっくり壊すかのどっちかだね」

「えっ……」

アウクソの表情が徐々に変わり始めた。

「そうなのか？」

「彼についてる客がそういう人ばかりだね。あの世界は狭いから」

「そうか」

「……」

直後。

ヤヌスの話を少しずつ理解していって、顔面蒼白になったアウクソが、あまりのショックに目を剥《む》いて気絶してしまった。

9話

THE STRONGEST HAREM OF NOBLES

EP.9

アウクソを抱き上げて、俺の部屋に運んだ。

メイドが寝食を過ごす別館までは距離があるから、ひとまず俺の部屋に運んだのだ。

ベッドに寝かせた後、ついてきたヤヌスが後ろから話しかけてきた。

「若い子にはショックが大きすぎたかな」

「ヤヌス、そいつがどこにいるのか分かるか?」

「そいつ?」

「ガラモスだ」

「何をするつもりなの?」

「会って、アウクソの妹を取り戻す」

「ふむ、まあ、売られる前に買い取ってしまえば問題ないしね」

ヤヌスはそう言って、頷いた。

☆

ヤヌスに教えてもらった店にやってきた。

店、というかどうかは少し疑問が残る「店構え」だ。

路地の入り組んだ奥にひっそりと佇《たたず》んでいる、まるで隠れ家のような店だ。

看板も何も掲げていないし、ショーウィンドーもない。

事前に何も聞いてなければ、ここが「店」だとは決して分からなかっただろうな。

だが、間違いなくここだ、とヤヌスは教えてくれた。

それを教えてくれたヤヌスの口調は、やけに確信に満ちていたが――その辺は触れないでおこう。

俺はドアを開き、店の中に入った。

中に入っても何もなかった。

普通の店の「店頭」に相当するスペースには何もなくて、一人の男が椅子《いす》に座っているだけだった。

俺が中に入ると、男はすっくと立ち上がって、俺を値踏みするかのようにじろじろ見てきた。

「恐れ入りますが」

「なんだ」

「どこかとお間違いではないでしょうか?」

「話を聞いてきた」

「……どなたかの紹介でございますか」

「紹介はない。俺はムスクーリの息子だ」

「……」

男は眉をひそめて、俺の顔をじっと見つめた。

ムスクーリの息子というのは、この街ではジョーカーに近い存在だ。

名前を出せば、ないがしろにされることは絶対にない。

男は最初すっとぼけようとした、その後会員制で一見《いちげん》さんお断りと匂《にお》わしてきた。

そこに俺がジョーカーをぶつけたから困り果てているわけだ。

「お前に判断つかないのなら責任者を出せ」

「……承知致しました。少々お待ちを」

男はそう言って、ドアを開けて奥に入った。

直後、ドアが「ガチャッ」と鍵《かぎ》のかかる音がした。

「ふん」

俺は鼻をならして、腕組みしてその場で待った。

しばらくすると、解錠《かいじょう》されて、中から別の男が出てきた。

さっきの男よりもちゃんとした身なりの男だ。

男は俺を見るなり、ぺこりと一礼した。

「ユウト様とお見受け致しますが」

「俺のことを知っているのか？」

「はい、三年前の誕生パーティーで一度、遠くから拝顔させていただいたことがございます」

「ふーん」

なるほど、俺の誕生パーティーか。

貴族の子供ともなれば、誕生日ごとにパーティーが開かれる。

俺のパーティーも、長男のナノスほどじゃないが、数百人規模のゲストを招いてのパーティーが屋敷で開かれた。

ちなみに、長男ナノスのは別格で、パーティーの日はムスクーリ家持ちで、街の飲食店は全て無料にして、料理とか酒とかが振る舞われる。

街を挙げての誕生日パーティーということだ。

今年は、俺が成人の儀式を控えていることもあって、一週間くらい後の予定になっている。

過去のそのパーティーに、目の前の男が来てたってわけか。

「お前、名前は？」

「ガラモス・アーリントンと申します」

「そうか。単刀直入《たんとうちょくにゅう》に言う、ハイド村から娘を仕入れたな」

「……」

ガラモスはまっすぐ俺を見つめて、答えなかった。

はいともいいえとも言わない。

ふん、ずる賢いな。

「その中に一人、俺の女の妹がいる。そいつを買い取りたい」

「買い取る……でございますか？」

「そうだ。そっちだって商売だろ？　俺が買うってんだから文句もないだろう」

「それは……」

「アリスっていう名前の子だ」

「——っ！」

俺が他のメイド——アウクソが相談したメイドから聞き出した妹の名前を告げると、ガラモスは一瞬激しく動揺《どうよう》した。

ほんの一瞬だけですぐに持ち直したが、俺はそれを見逃さなかった。

「どうした、何か不都合でもあるのか？」

「……」

「話せ、それとも実力行使してもらいたいのか？」

「……実は」

　ガラモスは観念したように口を開いた。

「その娘は売れてしまいまして」

「なんだと」

「ほんの十分前でございますが、取引は成立しております。ですので、ムスクーリ様といえど、お売りするわけには……」

「……そいつはいまどこだ」

「……」

　ガラモスは答えなかった。

「質問を変えよう。そいつは持ち帰ったのか？」

「……どうしてそのようなご質問を」

「お前の商売はある程度聞いている。そんなお前が守ろうとする相手なら、ある程度の地位にいる人間だろう。となれば、そのご大層な趣味をおおっぴらにできない可能性が高い」

「……」

「そうなると、お前の店は『後処理』も込みで売ってるんじゃないかって思ってな」

「……まだお若いのに、大した洞察力でございます」

「褒められるようなことじゃない」

すこし考えれば簡単に分かることだ。

元の世界では、ここ最近、「グランピング」っていうのが流行《はや》ってる。

それはキャンプの一種だが、テントとか料理とか、ありとあらゆるものを業者が準備して、客は身一つで行って、楽しんで帰るというものだ。

分かりやすく言えば、野外をロケーションにした高級ホテルのサービスだ。

そんなのキャンプじゃねえ！　ってこだわりの強い連中は大声で叫ぶだろうが、固有名詞がついてサービスが定着するほど需要《じゆよう》があるのも事実。

特に——金と地位がある連中にはだ。

それと同じことだ。

人間を「壊したい」という欲求がある金持ちは、その趣味はあっても後処理が面倒臭《めんどうくさ》いというのもいるだろう。

だったら、後処理を込みで商売が成り立つのは当然だ。

そしてこいつがそうだった、という話だ。

「持ち帰ってはないんだな？」

「……」

「どこにいる、奥か？」

「申し訳ありません、それを教えるわけには……」

「どうしたら教える」

「たとえムスクーリ様のご子息であろうと」

「ふん」

「ですが、こちらとしてもムスクーリ様とことを構えるつもりはありません。できれば良好な関係を続けさせていただきたいと」

何か他に方法は？　ってボールを投げつけられた。

そのボールを受けた俺は、少し考えてから。

「お前の立場は分かった。商売として成立している以上、どこにいるのかは言えないってことだな？　だったらこういうのはどうだ？　そいつはムスクーリの屋敷にいるか？」

「……っ」

ガラモスは目を見開き、驚いた。

「……さすがムスクーリ様の――」

「いいから答えろ、ムスクーリの屋敷にいるか？」

「……おりませんな」

「この部屋にいるか？」

「おりません」

「奥に入って最初に見える部屋には？」

「おりません」

「二つ目は？」

「おりません」

俺は一つずつ聞いていった。

ガラモスはその都度《つど》「いない」と答えた。

「この建物に地下室はあるか？」

「はい」

「そこにいるか？」

「……」

ガラモスは黙った。

答えなかった。

いる、とは答えられないのが、その答えだ。

つまりはそういうことだ。

「よし、店の中を見学させてもらうぞ。そっちは商売で忙しかろう、案内はいらん」

「承知致しました……さすがでございます」

「なんのことやら」

俺はすっとぼけつつ、ガラモスを置いて、奥のドアを開けた。

10話

THE STRONGEST HAREM OF NOBLES

EP.10

俺はドアを開けて、店の奥に入った。
いくつかドアがあったが、全部無視した。
とにかく廊下《ろうか》を進んでいくと、奥に下へ続く階段を見つけた。
階段を降りていく。
石畳《いしだたみ》の階段で、ブーツがゴッゴッと響く音を鳴らした。
壁に掲げられたランタンの灯が、足音に呼応するかのように揺れる。
階段を降りきると、そこは地下牢《ちかろう》だった。
まさしく「牢屋」って感じの造りで、鉄格子《てつごうし》でいくつかに区切られている。
「ふふふ……」
男の声が聞こえた。
俺は早足で向かっていった。
すると、一番奥の空いてる牢屋の中に、一組の男女がいた。

男は四十歳くらいの中年で、髪をオールバックにしていて、身に纏《まと》っている服装も落ち着いた感じの上質なもの。

ダイモンと同じタイプの人間、貴族といっても通りそうななりだ。

もう一人は幼い少女。

こっちは全裸で天井から吊されていて、意識はないが吊されて立たされている。

なるほど、アウクソと眉《まゆ》と口の形が似ている。

こいつが妹のアリスで間違いないだろう。

「さあ、どれからにしようか。前回は指から折っていったが、あの悲鳴は中途半端だったな。……乳房を目の前で切りおとして、絶望のスパイスとして載せておくか」

男は物静かな声で、胸くその悪いプランを話していた。

幸い、少女はまだ何もされてないようだ。

「おい」

「なんだ？　終わるまで入るなという約束――」

「気持ち悪いから黙れ」

「な、なんだお前は？　ガラモスは？　ガラモスはどうした!?」

俺の出現に、男は血相を変えた。

直前まで静かに「壊す」プランを語っていたのが、いきなりパニクり出した感じだ。

「とりあえず寝とけ」

「なっ――」

俺は床を蹴《け》って、突進した。

突進しつつ、腰の儀礼剣《ぎれいけん》を鞘《さや》ごと抜き取って、中腰に構えた。

そのまま肉薄すると、鞘の先端が男のみぞおちに突き刺さった。

「がっ……はっぁ……」

一瞬目を見開かせて、その直後に白目を剝《む》いて倒れた。

俺はアリスを見た。

彼女は腕の太さの半分ほどもある鎖で、天井から吊り下ろされている。

「ふん」

俺は儀礼剣を抜き放った、ガキーン！　と鎖をたたき切った。

切ったというよりは引きちぎったに近いが、それはまあどうでもいい。

鎖が切れて、倒れ込んでくるアリスを抱き留めた。

「う……ん」

「気がついたか」

「えっ……ひゃっ」

気がついたアリス。

最初は茫漠《ぼうばく》とした目で俺をぼうっと眺めていたが、ふと自分が全裸だということに気づいて、俺を突き飛ばそうとした。

「だ、誰なのよ？　あなた」

「アリスだな」

「え？」

「アウクソに頼まれてきた」

「お、お姉ちゃんに？」

「妹で間違いないな？　ならここから出るぞ」

「は、はい……」

最初は思いっきり警戒したが、俺がアウクソの名前を出したことと、倒れて口から泡《あわ》を噴いている男の姿を見た。

「助けてくれるん……ですか」

と、状況を理解した。

「ああ」

「あ、ありがとうございます……」

「ん」

俺はまわりを見た。

服はなかったが、シーツみたいな大きな布があった。

それを取って、アリスに渡した。

「とりあえずこれで裸を隠せ」

「はい……」

アリスは受け取って、自分の体を包んだ。

「よし、行くぞ」

そう言って、彼女を連れて身を翻《ひるがえ》した——その時。

ドタドタドタ——って複数人の足音が聞こえてきた。

「ひぃ！」

アリスは俺の背中に隠れた。

階段の上から、若い男が数人駆けつけた。

「な、なんてことだ！」

「お客様！　お客様しっかり」

「一体どういうことだ？　娘はどこに逃げた！」

「探せ！」

やってきた若い男たちは、まるで俺たちが見えていないかのように振る舞った。

「な、何が……」

困惑するアリス。

「見つからなかったんだよ」

「え?」

「騒ぎを聞きつけて駆けつけたけど、犯人や娘の姿はどこにも見当たらなくて逃げた後だった」

「……???」

アリスはいくつものクエスチョンマークを頭に浮かべた。

そういう「てい」だ、と付け加えようとしたが、それでも分からないんだろうな、と思ってやめた。

ガラモスはプロレスが上手《うま》いタイプの商人だな、と少し感心した。

「いいから、出るぞ」

「は、はい」

俺はアリスを連れて階段を登っていった。

階段の上にガラモスがいた。

ガラモスは「最初から」壁際に立っていて、階段から上がってくる俺たちの邪魔にならなかった。

そのガラモスの横を通って、俺はますます困惑するアリスを連れて、外に出たのだった。

☆

「お姉ちゃん！」

「アリス!!」

屋敷に戻ってくると、気がついたアウクソは、アリスと抱き合った。

「アリス！　ああ、顔をもっとよく見せて、アリス。どこもケガしてない？」

「うん、お姉さん……あの人に助けてもらったの……」

「ありがとうございます、ユウト様。ありがとうございます！」

「気にするな」

「ありがとうございます……」

アウクソはそう言って深々と頭を下げた。

腰を直角に折ると、下を向く頬《ほお》を伝い、ぽたりぽたりと涙が床にこぼれ落ちた。

「ユウト様」

横から、別のメイドが話しかけてきた。

メイドの中でも専用の、見栄えのするメイド服を身に纏《まと》っているパーラーメイドのメリテだ。

パーラーメイドっていうのは、要は「受付嬢」みたいなもんだ。

客が来たときに、受付をして案内をする。

だからある意味屋敷の「顔」で、普通のメイドよりも見栄えのする特殊なメイド服を着せられている。

そのメリテが俺にぺこりと一礼して。

「ユウト様にお客さまでございます」

「客？　誰だ」

「ガラモス・アーリントン様と名乗っております」

「「――っ！」」

俺の後ろで、アウクソとアリスが同時に息を呑《の》んだ。

俺は振り向き、肩越しに言った。

「心配するな、問題はない」

「で、でも……もしかしてアリスを取り返しに――」

「その可能性はない」

そうするつもりなら最初から連れ出させてないし、わざわざ「客」として来る必要もない。

……。

……もっと面倒臭《めんどうくさ》いことになる可能性ならなくはないが。

「アリスを返せとか、そういう話にはならんから安心しろ」

「で、でも」

「それよりもアリスを風呂に入れてやって、飯も食わせてやれ」

「あっ……」

「メリテ、案内しろ」

「かしこまりました」

後のことはひとまずアウクソに任せることにして、俺はメリテに案内されて、応接間に来た。

応接間には、さっきのあの男――ガラモスがいた。

ソファーがある応接間だったが、ガラモスは座らないで、立ったまま俺のことを待っていた。

「お会いできて光栄です、ユウト様。覚えていらっしゃいますか、三年前に――」

「いい」

俺はガラモスの言葉を途中で遮《さえぎ》った。

「父さんの教育は行き届いている。この屋敷でまで演技する必要はない」

「……かしこまりました」

ガラモスは深々と一礼した。

「まずは……さすがでございます、と」

「さすが？　何がだ」

「あの時、最後まで私に何も言いませんでした、それどころか目さえも合わせませんでした」

「ああ」

そのことか。

俺は頷《うなず》き、ソファーに座った。

ガラモスは俺の前に立ったまま座ろうとしない。

こういうことはよくある。

商人だとその辺「わきまえて」いるのがよくいる。

貴族様の御前に自分の席などあろうはずがない――とかなんとか言って謙《へりくだ》るんだ。

だから俺はそのことを何も言わなかった。

そのまま俺は座ってて、ガラモスは立っているというままにした。

「そのお歳《とし》でその落ち着きよう、控えめに言って脱帽《だつぼう》致しました」

「そうか」

「……」

「……」

「後処理がどうなった――とは聞かれないのですか」

「聞いてもいいのか？　俺はあの男の素性《すじよう》を知らない方がいいと思ったけど」

「……さすがでございます」

「ところで、一つ頼みがある」

「はい、なんなりと」

「ちゃんとした使用人用の奴隷《どれい》は扱っているか？」

「はい」

「なら、今度いいのがいたら知らせてくれ。具体的にはスキル持ちだ。気に入ったら相場の二倍で買ってやる」

「……かしこまりました」

ガラモスは得心顔で頷いた。

商人とは、商売で繋《つな》がってた方が何かと都合がいいだろう。

☆

夜、ガラモスが帰った後、ダイモンの書斎。

ダイモンに呼び出された俺は、机ごしにダイモンと向き合った。

「話は聞いた。狐と化かし合ったみたいだな」

「化かし合ったっていうか、まあ、話し合いだ」

というかプロレスだな。

「ふむ」

ダイモンは頷いた。

「どこでそんなのを覚えた？」

「父さんを見てたら、いつの間にか」

俺は適当に言った。

実は転生者で、会社員時代色々あって身についた、なんて言えないからな。

「そうか。ふっ、お前は賢いな」

「当然だ」

俺は胸を張った。

ガラモスとの一件で、ダイモンにグチグチ言われるかと思ったが、そんなことはなかった。

これで、アウクソの妹の件は、本当に一件落着だ。

II話

THE STRONGEST HAREM OF NOBLES

EP.II

次の日の朝。

目覚めた俺はベッドから降りた。

するとすぐさま、複数人のメイドが入ってきて、俺の身支度《みじたく》をした。

俺はなすがままにされた。

赤ん坊として貴族の家に転生してきたから、世話をされるのは慣れていた。

なんといっても楽だ。

目覚めてベッドから降りて、ぼうっとしているうちに身支度がととのっているのは素晴らしいことだ。

正直楽で、別の意味で快感だ。

今日もそのようにメイドたちにやってもらった。

それが終わった後、メイドたちが「失礼します」って言って、部屋から出ていった——が。

一人だけ残った。

いつもなら全員残らず出ていって、直後に「朝ご飯ができました」って別のメイドが呼びに来るところなんだが、今日はなぜか、一人だけ残ったって人の気配で感じた。

気配を感じた方を見ると――アウクソがそこにいた。

「なんだ、いたのか」

「はい……あのっ、ユウト様！」

「ん？」

「ありがとうございます！　アリスを助けてくれて、ありがとうございます！」

「妹はどうしてる」

「今私の部屋です。あの……ユウト様に直接、お礼を言わせてください」

「ああ、いいぞ」

俺は小さく頷いた。

するとアウクソは嬉しそうに破顔《はがん》して。

「ありがとうございます！　すぐに呼んできます！」

と言って、部屋から飛び出していった。

バタバタと出ていって、三分も経たない内にまたバタバタって音がして、ドアがノックされた。

待ってる間ベッドに座り直した俺は、鷹揚《おうよう》に応答した。

「入れ」

「失礼します」

そこに、メイド服姿のアウクソと、普段着姿のアリスが立っていた。

「ほら、アリス」

「うん、お姉ちゃん」

姉にせっつかれて、アリスは一歩前に進み出た。

「あの……ありがとうございます」

「ああ、大丈夫だったか？　というか間に合ったのか？　あいつに何かされてない？」

「だ、大丈夫です。その……あの……」

「ん？」

なぜか急に言いよどむアリス。

そのアリスの代わりにアウクソが答えた。

「色々調味料を体中に塗られてました。塩とか、香辛料《こうしんりょう》とか」

「……そりゃまた上級者だなあ」

そんなものを塗って何をしたかったのか――うん、深く考えない方がよさそうだ。

「それ以外は？」

「それは大丈夫です」

　こっちもアウクソが答えた。

「そうか。間に合ってよかったな」

「はい！　本当に……本当にありがとうございます!!」

「あっ……ありがとうございます！」

　アウクソがパッと頭を下げた後、慌ててアリスも頭を下げた。

「気にするな」

「あの……それで、ユウト様」

「ん？」

「アリスも、一緒にここでご奉公させてもらえませんでしょうか」

「なんだそんなことか。いいぞ――いや待て」

「え？　だ、ダメですか？」

　アウクソはびっくりして、泣きそうな顔になった。

「いや、そっちじゃない。屋敷で働くのは問題ない」

「あ、ありがとうございます！」

　アウクソは嬉しそうに頭を下げた。

「その……あの……」

　顔を上げた後、今度はもじもじし始めた。

「ん？　今度はなんだ？」

「その……あ、アリスも、ユウト様に可愛《かわい》がっていただけませんか？」

「ああ」

そういう話か、と俺は納得した。

この世界じゃよくある話だ。

庶民《しょみん》――いや貧民の姉がいいところに嫁《とつ》いだあと、自分の妹を手引きして同じところに嫁がせるのはよくある話だ。

アウクソの考えはよく分かる。

ヤバいところに売られて、危うく命を落としかけた妹。

その妹はもはや帰る場所もなくて、だったら俺にセットで売り込もうって話だ。

それ自体は全然分かる話だ。

そして正直、昨日までなら「まあいいぞ」くらいのノリで受け入れてただろう。

成人の儀式の相手をやってくれたアウクソ、その妹くらいなら受け入れてもなんの問題もない。

そう、昨日までなら。

だけど、実際は昨日の成人の儀式で、俺はスキル【ノブレスオブリージュ】の発動を確認した。

抱いた女のスキルをコピーして、さらに進化させる、転生したときに持ってきたスキル。

それが今頭の九割くらいを占《し》めている。

だから俺は、

「アリス」

「は、はい」

「お前、なんかスキルを持ってるか？」

「え？」

「スキルだよ」

「えっと……な、ないです」

「そうか」

「ユウト様……スキルがないと、だめですか……」

またまた泣きそうになるアウクソだった。

「あー……、分かった。分かったから、そんな泣きそうな顔をするな」

「え？」

「分かったから」

「じゃ、じゃや……？」

「ああ」

俺は頷《うなず》いた。

正直、アウクソには情が湧いてる。

そんな相手に泣き落としのようなことをされると断り切れない。

まあ、いいさ。

アウクソに負けず劣らず、アリスも可愛い女の子だ。

男の甲斐性《かいしょう》は時代によって変わるって聞いたことがある。

だったら、世界によって変わる、という言い方も成り立つだろうな。

妹の一人、何も言わずに囲うのも貴族の男の甲斐性ってもんだ。

「妹もいろ、お前と同じように扱ってやる」

「ありがとうございます！」

「あ、ありがとうございます！」

「あの、ユウト様……ご奉仕をしても……いいですか？」

「ん？　ああ」

いまから抱いてくれってことか。

切り出したアウクソじゃなくて、アリスを見た。

アリスはもじもじしていた、顔を真っ赤に染め上げていた。

姉の申し出の意味を正しく理解してるんだな。

俺は少し考えた。

別に他に予定はない、いいだろう。

「よし、こっちに来い、アリス」

「あっ」

「アリス、頑張って」

「うん、お姉ちゃん」

「アウクソも来い。妹を手伝ってやれ」

「あっ、はい！」

姉妹が揃ってこっちにやってきた。

ベッドに座っている俺の目の前に立った。

アリスは耳の付け根まで真っ赤になって、見るからに緊張してる様子。

一方のアウクソは自分の出番じゃないからか、アリスに比べて真剣なのは真剣だが、幾分か気楽な感じだった。

「念の為に聞く」

「は、はい？」

「他の男に抱かれたことは？」

「な、ないです……あっ、ない、と思います」

「ん？」

「昨日……その……」

「ああ」

俺は得心した。

気絶してる間に例の男に何かされた可能性はある、ってことか。

「なら問題ない」

あれは上級者だ。

上級者過ぎて、別の次元に生きてる。

正直、完全になかったことにして忘れてもいいくらいだ。

俺はアリスの手を取った。

「するぞ」

「え？　あっ……」

手を引いて、バランスを崩してきたところで抱き留めて、キスをする。

少し前まで素朴《そぼく》な村娘だったアリスは、キスされただけで体を強《こわ》ばらせた。

昨日までは十七年ぶりのことで我ながら手際《てぎわ》の悪いところもあったが、アウクソとパルテノス、二人との経験でいろいろ思い出してきた。

キスをした後、トロンとなったアリスの耳元でささやく。

「アリス」

「……え？」

「全部俺に任せろ」

「は、はい……」

「どうしても嫌だったら――噛《か》みつけ」

そういって、体を入れ替えて、アリスをベッドの上に押し倒した。

もう一度キスをする、今度は舌を差し込んだ。

遠慮《えんりょ》なく、全力でアリスの口の中を蹂躙《じゅうりん》した。

粘ついた音と共に、アリスは体をくねくねとよじらせた。

キスをやめて、顔を上げた。

繋《つな》がった口の間に、唾液《だえき》が糸を引いてぽとり、とアリスの顔に垂れた。

その顔が上気して、息が荒くなる。

俺はアウクソの方を向いた。

「お前はどうする？」

「え？　ど、どうするって……」

「見ていくか？」

「そ、その……」

「お姉ちゃん……」

「アリス？」

「怖い……手を握って……？」

「う、うん！」

アウクソは慌ててベッドに上がって、妹の手を握った。

「お姉ちゃん……」

「うん、大丈夫、大丈夫だから」

アウクソは両手で妹の手をぎゅっと握り締めた。

「ユウト様に全部任せなさい。ユウト様がすっごく幸せでふわふわな気持ちにしてくれるから」

「うん……」

アリスは頷き、こっちを見た。

「お願い、します」

「ああ」

アリスのおねだりもキいたが、アウクソが妹をあやす言葉はもっとキいた。

男の沽券《こけん》――いや自尊心を一発で満タンにしてくれる言葉だ。

なら――期待に応えようじゃないか。

そう思って、指をアリスの体の上で躍らせて、声を上げさせた。

丹念に、そして念入りになで回す。

とにかく時間をかけた。

「んぅっ――あああああ！」

急に、アリスの体がビクッとなって、つま先までピーンと伸びて、海老《えび》反《ぞ》りでビクンビクンとけいれんしだした。

「え、えええ!?」

愛撫《あいぶ》してる間、ずっとアリスの手を握っていたアウクソが驚愕《きょうがく》した。

「い、今のって……？」

「イッたんだよ」

「ええ!?　で、でも、ユウト様まだ……入れてあげてませんけど……」

「入れなくてもイけるもんだぞ」

「えええ!?　そうなんですか!?」

さらに驚愕するアリス。

アリスもまだ少女だ、そして異世界の平民だ。

この辺の性知識はまったくないに等しい。だから予想以上に驚いてくれて。

「すごいです、ユウト様……」

予想以上に、憧れる目で見つめてきた。

「ふっ、当然だ」

「よかったね、アリス。ユウト様に愛してもらえて」

アウクソは妹の手を取ったまま、まるで母親のように慈《いつく》しむように言った。

「お姉ちゃん……」

「うん。ユウト様、アリスを……女にしてあげてください」

「ああ」

頷《うなず》く俺。

アリスが穿《は》いている、麻の安っぽい下着を脱がせた。

下着からは粘度の高い愛液が糸を引いて、ぬらりと淫猥《いんわい》に朝日を反射した。

太ももを左右に分けて、そのまま覆《おお》い被《かぶ》さる。

「行くぞ」

「うん……!!」

アリスが頷いた直後に腰を突き出す。

アウクソの時と同じように、プツン、って何かが切れた音がした気がして、俺のモノが全部アリスの中に収まった。

姉の見ている前で、妹を女にした。

しかも向こうから乞《こ》われてという形で。

これは――やめられない。

やみつきになる快感だ。

一時はアリスに手を出すつもりなんてなかったから、予想外の嬉しさと気持ち良さを感じた。

しかし、予想外なのはそれだけじゃなかった。


――スキル【ノブレスオブリージュ】の条件を満たしました。

――スキル【ノブレスオブリージュ】発動します。


「なに⁉」

俺は驚愕した。

声はさらに聞こえてきた。


――スキル【ノブレスオブリージュ】によりスキル【長剣マスタリー】を複製。

――スキル【ノブレスオブリージュ】によりスキル【長剣マスタリー】が【流麗《りゅうれい》なる長剣マスタリー】に進化します。


俺はアリスを見つめた。

痛み半分、快感半分でぼんやりしている彼女が俺を見上げている。

どういうことだ？　アリスはスキルを持ってなかったんじゃないのか？

そして——

——スキル【ノブレスオブリージュ】によりスキル【長剣マスタリー】を覚醒《かくせい》します。

「——っ!?」

12話

THE STRONGEST HAREM OF NOBLES

EP.12

「……どういうことだ」

「ユウト様?」

横を向いた、アウクソが不安そうな顔で俺をじっと見つめていた。

「あ、アリスが何かダメでしたか?」

「え?　ああいや、そういうことじゃない」

アウクソの不安そうな顔の理由が分かった。

アリスを抱いた直後に俺が思いっきり驚いたもんだから、アリスに何か落ち度があったんじゃないかって不安になったみたいだ。

「アリスにダメなところはない」

「そ、そうですか」

アウクソは少しだけほっとしたようだ。

俺は彼女と、さんざんイカせた後ぐったりしているアリスを交互に見比べつつ、考えた。

「……アウクソ」

「は、はい」

「このままここでアリスを寝かせとけ。お前は今日は仕事はいい。アリスが気がついた後、体が大丈夫なら着替えさせて俺のところに連れてこい」

「分かりました」

俺は姉妹を置いて、ベッドから降りた。

脱いだ服を今度は自分で着て、壁際に立てかけられている儀礼剣《ぎれいけん》を手に取って、腰に提げて部屋から出た。

部屋の外にアウクソとは別のメイドが待っていた。

「お疲れ様です、おぼっちゃま。朝食はいかがなさいますか？」

メイドがそう聞いてきた。

それで彼女が、朝飯のことを聞きに来たけど、中で俺が始めてたから突入しないで待ってたんだって分かった。

「いやいい。それどころじゃないからって、父さんにも伝えてくれ」

「かしこまりました」

メイドは一礼して、そのまま立ち去った。

俺はそれを見送った後、きびすを返して反対側に向かって歩き出した。

食堂とは反対側に進み、外に出て庭に来た。

庭師とメイドたちが手入れをしていた。

俺を見た庭師とメイドが、手を止めて頭を下げた。

「いい、仕事を続けていろ」

そう言って、俺は庭の開けた場所で足を止めた。

綺麗《きれい》に刈られた芝生《しばふ》の上に立って、腰の儀礼剣に手を伸ばす。

スキル【長剣マスタリー】。

いや、【流麗なる長剣マスタリー】か。

昨日の経験から、俺が今持っているのは後者、コピーして進化した【流麗なる長剣マスタリー】の方だ。

字面《じづら》じゃ正直よく分からないが、長剣に関するスキルなのはまあ間違いないところだろうな。

俺は儀礼剣を抜き放った。

「なにっ!?」

瞬間、明らかに違いに気づいた。

抜き放った儀礼剣の刀身が、昨日抜いたときとまったく違っていた。

昨日まではただの金属で、時々光に反射して煌《きら》めいていただけなのが、今はピンク色のような淡い光を放っていた。

金属が何かを反射しての輝きじゃない。

自らが光を発している輝きだ。

光っているからなんだっていうのかは分からないが、これが間違いなく【流麗なる長剣マスタリー】で光っているのだと分かる。

その証拠に——儀礼剣を手放した。

そして、地面に突き立ててみた。

すると、手から離れた途端に、ピンク色の光が収まったのだ。

もう一度手に取ると、刀身がまた淡く光り出す。

俺のスキルで光っているのは、ほぼ間違いない。

「……まさか光ってるだけってことはないよな」

光る刀身を見つめて、独りごちた。

試してみよう——試し斬りをしてみようと思った。

まわりを見渡すと、丁度《ちょうど》いい感じの、街路樹程度の木が生えていた。

俺はその木に近づき、儀礼剣を構えて——振り抜いた。

「——すげえ」

思わず、そんな感想が口をついて飛び出した。

木が綺麗に切れた。

手応えが昨日とはまったく違っていた。

使い古したカッターナイフを、新しい替え刃にした直後くらいの手応えの違いを感じた。

「なるほど。武器の性能を上げる、ってことなのか？」

もっと試さなきゃって思った。

「何があったんだ――あっ、ぼっちゃん」

木を切り倒した音を聞きつけて、年老いた庭師がやってきた。

庭師は俺と切り倒した木を交互に見比べる。

「一体何が……」

「なんでもない、後片付けを頼む」

「は、はあ……」

「そうだ、一応聞いておく。これはどう見えている？」

そう言って、庭師に儀礼剣を掲げて見せた。

「どう、って……」

「光ってるか？」

「光？　いいえ」

「そうか、分かった」

俺は頷《うなず》き、儀礼剣を鞘《さや》に納めて、屋敷に向かって歩き出した。

屋敷には入らずに、ぐるっと大回りして、屋敷の正門に向かう。

正門には門番がいた。

外を向いている門番にこっちから近づいていって。

「ちょっといいか?」

「え? あっ、ぼっちゃん」

「その持ってる槍を少し貸してくれ」

「え? は、はあ……どうぞ?」

いきなりそんなことを言われた門番は、狐につままれたような顔をしながら、槍を俺に差し出してきた。

俺は槍を受け取った。

そして、まじまじと見つめる。

「光らない、か」

「え?」

「いやなんでもない。そうだ、念の為に聞くけど、お前、【槍マスタリー】とか持ってないよな」

「スキルですか? そんなの持ってないですけど……」

「そうか、悪かったな。仕事頑張れ」

「は、はあ……」

最後まで困惑顔のままの門番を置いて、俺は屋敷に引き返した。

スキルの効果は大体分かった。

【流麗なる長剣マスタリー】で長剣を持った場合、武器そのものが光って、攻撃力が上がる。

もちろん長剣じゃない武器を持ったときは何も起こらなくて、その光は他の人間には見えない。

そこまでは分かった、そこまではいい。

問題は――どこからコピーしたかだ。

アリスたちに聞いた、スキルを持っているのか、と。

その時アウクソもアリスも、まるで捨てられそうな子犬のような顔をして、「スキルがないとダメ？」って聞いてきた。

それはつまり、持っていないからそういう反応になる。

だったら、どこからコピーしてきた？

可能性は二つある。

そのどっちなんだろう、と俺は考え続けた。

☆

「うん、スキルを持っているけど覚醒《かくせい》してない場合もあるよ」

リビングの中、向かい合って座ってるヤヌスがそう言ってきた。

屋敷に戻った俺がヤヌスと出くわして、俺の顔を見たヤヌスが話を聞くと言って、二人でリビングに来た。

深刻な話題を予想してか、ヤヌスはメイドにしばらく誰も入れるなと人払いをした。それで俺が二つの可能性の内の一つを話すと、ヤヌスはあっけらかんと答えてくれた。

「そうなのか」

「うん、というか結構多いよ。そういうの」

「多いのか」

「スキルって、どうやら持っていてもまったく縁のない生活を過ごしてたら覚醒しないものらしくてね。庶民《しょみん》だと覚醒しないまま一生を過ごすこともよくあるんだ。ちなみにそういうことがあるって分かったのは、巡礼者が老人になってからスキルに覚醒したということがよくあったからなんだ」

「ああ、巡礼者か」

巡礼者というのは、信者がその宗教の聖地を巡って旅をする人間のことだ。

聖地巡礼というのは信者にとって信心を表す大事な儀式だが、農民レベルだとそれが「一生に一度」レベルの大きな行事になる。

その多くの場合は、人生のほとんどを過ごした後、寿命《じゅみょう》が見えてきて死んだ後のことを考え始めた人間がやってる。

だから、老人が多い。

例えばその老人が農民だと、巡礼で「生まれて初めて」触れることやすることが多い。

そこでスキルに覚醒すれば、だったら巡礼をしないで、自分のスキルに関連することに関わらないまま寿命を迎える人間も多いだろう――という当たり前の推測ができる。

そこから、スキルを持ったまま覚醒しないこともあるとなる。

「なるほどな」

俺は再び頷いた。

つまり、だ。

アウクソやパルテノスのように、自覚的にスキルを持っているっていうのじゃなくても。

アリスみたいに無自覚な女でも、【ノブレスオブリージュ】で抱く価値はある。

つまり――スキルあるなしに、まずは好みで抱いていい、ってことだな。

13話

THE STRONGEST HAREM OF NOBLES

EP.13

午後になって、屋敷の庭。

儀礼剣を使って【流麗《りゅうれい》なる長剣マスタリー】を色々と試していた俺のところに、アウクソとアリスの二人がやってきた。

アウクソはいつもの、アリスは初めて見せるメイドの格好をしていた。

現れたアリスは内股《うちまた》気味でもじもじしているが、ちゃんと自力で立てている。

「もう大丈夫か？」

「う、うん……もう大丈夫」

「アリス、さっき教えたでしょう」

「あっ、ごめんなさい。お姉ちゃん。えっと、はい、大丈夫、です」

「……ああ」

俺はふっと笑った。

何の話かと思ってたら、メイドとしての言葉遣いの話のようだ。

正直、俺はそこまで気にしていない。

普通に貴族の男として生まれていたら気にしてたかもしれないが、俺は貴族に転生する前の記憶を持っている。

転生してから十七年前に、三十年近くの人生の記憶を持っている。

年下だろうが、女の子が「はい大丈夫です」じゃなくて「うん大丈夫」って言ったからといって、目くじらを立てることはない。

むしろ——。

「好きにしていい」

「え？」

「俺のメイドなんだから、俺の前でなら好きにしていい。そんな細かいことまでいちいち気にせん」

「えっと……」

アリスは困惑顔でアウクソを見た。

メイド初日なものだから、こう言われた時どうすればいいのかは分からないようだ。

逆に、メイド歴がそこそこ長いアウクソは。

「ご主人様がそう望んでるから、そうしなさい。でも、粗相《そそう》はだめよ」

「わ、分かった。お姉ちゃん」

これで言葉遣いの話は一段落だ。

「それよりお前に聞きたいことがある」

「な、なんですか？」

「【長剣マスタリー】、聞き覚えはないか？」

「なんですか、それ？　……あっ、聞き覚え、ある、かも」

「本当か？」

「うん。確か、ユウト様に愛してもらった後……うん、そうだ、なんかふわふわってなってるときに変な声が聞こえてきて」

「ほう」

「ユウト様がそれを知ってるってことは、それは空耳じゃないんだ」

「アウクソには聞こえてたか？」

横にいるアウクソに聞いてみた。

「ちょうけんますたりー、ですか？　いいえ、聞こえてませんけど……」

聞こえていない証拠に、アウクソは片言チックな感じでそれを復唱した。

まあ、そりゃそうだろうな。

今までのは俺だけにしか聞こえてなかった。

そして今回のは、状況から見て、俺に抱かれたことでアリスの未覚醒のスキルが覚醒したんだ。

なら、聞こえていたとしても、アリスだけって可能性が高い。

実際、そうだったみたいだ。

「よし。アリス、これを持ってみろ」

俺はそう言って、持っていた儀礼剣《ぎれいけん》をぐるっと回して、刃を俺の方に向けて柄《つか》をアリスに差し出した。

「こ、これを？」

「ああ、持ってみろ。理由は持てば分かる」

俺は確信している。だからそう言った。

アリスは少し迷っていたが、やがておずおずと俺の手から儀礼剣を受け取った。

「あっ」

「光ってるのか？」

驚くアリスに聞いてみた。

ちなみに俺の目には光って見えていない。

「う、うん」

「どんな光だ？」

「青く光ってます——ユウト様には見えないんですか？」

「ああ」

　俺はそう言って、手を差し出した。

　アリスは慌てて儀礼剣を俺に返した。

「見えないだろ？　俺の目にはピンク色に光ってるように見えるんだ」

「えっと……」

「雑に言うとな、お前は俺に抱かれたことで眠っていたスキルが目覚めた。そのスキルで剣を持ったときに光って見えて、普通の人間よりも剣を上手《うま》く扱えるようになる」

「ほ、本当ですか？」

「ああ」

　俺ははっきりと頷《うなず》いた。

「うそ……」

　アリスは自分の手をじっと見つめた。

「さすがユウト様。アリス」

「え？」

「ユウト様から賜《たまわ》ったものよ、ちゃんとお礼を言いなさい」

「あ、ありがとうございます！」

「ああ」

俺は小さく頷いた。

☆

二人と別れて、俺は屋敷の中、廊下《ろうか》を歩きながら考えていた。

こうなると、ますます女を抱かなきゃだ。

ダイモンは「三人までは」って言ってた。

アリス程度ならカウントに入れないって考え方もできるが、念の為に入れて、あと二人って考えた方がいい。

そうなると、スキル持ってるのと持ってないのと、両方で確かめたほうがいいな。

歩きながら考え事してるうちに、小さな話し声が聞こえてきた。

廊下の先、曲がり角の向こうで誰かが話している。

この声は……ナノスか。

「考えてもみろ、あいつは三男、俺は長男――次期当主だ。どっちについた方がいいのか馬鹿でも分かるだろ」

ん？

三男……ってことは俺の話か？

「……」

話の内容が気になった。

俺は息を潜めて、その場で聞き耳を立てた。

「どういう……ことですか」

この声は……パルテノスか。

どうやらナノスとパルテノスが話しているみたいだな。

「俺の方がもっと気持ちよくさせてやれるってこった。商売女だったらその意味分かるだろ」

「……」

「それに、お前もユウトよりも俺を気持ちよくさせてた方が利口だと思うぜ」

大体の話がつかめた。

ナノスが俺の女のパルテノスにちょっかい出してるってことか。

さて、どうするかな、これ。

もちろんパルテノスをナノスにやるつもりはない。

俺にNTR《ネトラレ》の趣味なんてこれっぽちもない。

対処を考えていると。

「あなたの女になれっていうの？」

「おう、そういうことだ」

「だったら断るわ」

「なんだと!?」

ナノスは大声を出した。

こいつの反応はいつもこれだな。

予想外のこと、気にくわないこと。

それがあると、いつもこんな感じで恫喝《どうかつ》めいた声を出して相手を威嚇《いかく》する。

実際、それは有効だ。

何しろムスクーリの長男で次期当主だ。

そいつににらまれれば大抵の人間は従わざるを得ない。

「おい女、お前、自分が何を言ってるのか分かってるのか?」

「ええ」

「分かってねえだろ。俺はあいつの兄、ムスクーリの次期当主だぞ。その俺に逆らってあいつにつくとか、どうなるか分かってるのか?」

「分かりません、ですが――私はあの方のものです」

「なに?」

「あなたのものになるつもりは、これっぽちもありません」

「てめえ!　優しくしてりゃ、つけ上がるんじゃねえ!」

「そこまで」

俺は角を曲がって、二人の間に割り込んだ。

ナノスが手を振り上げていた。

パルテノスを殴《なぐ》るために振り上げた手だが――グーかよ。

ビンタを通り越してグーパンチを握っている。

本当にこいつは……。

「……ユウト、てめえ」

俺が間に割り込んだから、さすがにナノスの手は振り下ろされなかった。

「ユウト様……」

パルテノスが後ろから、俺の服を摘《つ》まむようにして、すがりついてきた。

声でのやり取りを聞いてただけでは分からなかったが、俺にすがりつく手は震えていた。

「大丈夫だ、もう心配ない」

「はい……」

「てめえ、俺を無視していい気になってんじゃねえぞ」

「お前こそ、何をしてるんだ一体」

「はあ⁉　てめえ、なめた口を――」

「自覚しろ、それとも一から十まで説明してやらないとダメか？」

「なにぃ!?」

さらに恫喝的な声を出してきた。

俺ははあ、とため息をついた。

「弟の女を口説《くど》こうとしたけどまったく相手にされなかった。口説いてる間も内容は自分の地位の方が高いの一点張り。そのクセ断られたら逆上してその女を殴ろうとした——下《げ》の下《げ》だぞ、男として」

「——ッッッ!!」

ナノスは一瞬で顔が真っ赤に染め上がった。

さすがにここまで分かりやすく言ってやればナノスも理解したみたいだ。

「これ以上はやめとけ、恥《はじ》の上塗りになるだけ——」

「うるせえ!!」

ナノスは怒鳴って、殴りかかってきた。

振り上げて、パルテノスを殴ろうとした拳を俺めがけて放ってきた。

放ってきたパンチを避けて、手首をつかんでひねった。

そのまま体の位置を入れかえて、腕を背中にひねって、さらに壁に押しつけた。

「ぐはっ!」

「やめろって言ったぞ」

「てめえユウト、いい気になってんじゃねえぞ！」

「お前こそ語彙《ごい》の数増やした方がいいぞ。さっきからずっとそれしか言ってない」

「うるせえ！　弟のくせに、三男のくせに生意気言ってんじゃねえ」

「……はあ」

こりゃダメだ、話にならん。

これ以上関わるのも面倒臭《めんどうくさ》かった。

俺は拘束《こうそく》からナノスを解放して、軽く突き飛ばした。

ナノスは数歩よろめいてから、立ち直ってパッとこっちを向いた。

「てめえ……」

「もうその辺で」

「うるせえ！」

ナノスはさらに逆上した。

腰の儀礼剣《ぎれいけん》を抜いて、俺に斬りかかってきた。

「はあ……」

俺も剣を抜いた。

ピンク色の刀身が残光を曳《ひ》いて煌《きら》めく。

同時に、それがものすごく馴染《なじ》んで、まるで最初から分かっている「使い方を思い出す」かのような感覚になった。

ナノスの剣を受け止めた。

そのままグルッ、と手首をひねった。

するとナノスの剣は、俺の剣にぴったりと吸い付いたかのような形で奪われた。

「……は？」

ぽかーんとなるナノス、自分の空《から》っぽになった手の平と、奪われて俺の手の中にある自分の剣を交互に見比べた。

「てめ……どんな手品を……」

「ただの剣術だ。いい加減やめとけ、お前じゃ俺に勝てない」

「……ッッ」

剣を奪われた剣技に一瞬ぽかーんとなったが、怒りが倍付けで盛り返してきたようだ。

ナノスは、こめかみの血管をヒクヒクさせて、切れかねない形相《ぎょうそう》で俺を睨《にら》みつけてきた。

「お、覚えてろ！」

そう言って身を翻《ひるがえ》すと、その場から立ち去った。

「はあ……」

俺はため息をついて、後でこの儀礼剣をどっかで戻さなきゃなと思った。

そして、振り向く。

「大丈夫だったか――パルテノス？」

パルテノスが、ぼうっとして俺を見つめていた。

「どうしたんだ？」

「格好いい……」

聞くと、彼女は熱に浮かされたような目で、そんな風につぶやいたのだった。

14話

THE STRONGEST HAREM OF NOBLES

EP.14

俺は改めてパルテノスを見つめた。

さっきはナノスから助けるのを優先してたから気づかなかったが、パルテノスはメイドの格好をしていた。

「お前、なんでそんな格好をしてるんだ？」

「え？　あっ……」

俺に言われて、パルテノスは自分の格好に気づいた。

そして、また顔が赤くなった。

「これは……メリテさんに言われて」

「メリテ？　ああパーラーメイドの」

「はい、この格好でご主人様のお相手をしなさい、と言われました」

「なるほど」

おそらくメリテが厚意からやってくれたことだろうな。

パルテノスは身請けして、俺が引き取ったが、バタバタしててまだどういう扱いにするかは決めてなくて、とりあえずメイドたちに預けた形になっていた。

そこで、メイドたちが一番見栄えのする、パーラーメイドの格好をさせた。

パーラーメイドは屋敷の顔だ。

多くの場合、屋敷の主である貴族のちょいランク下の布地で作られていて、見栄えもいい。

それを着せて、俺の相手をしろってことか。

パルテノスを見た。

悪くない。

そして、ここまで上げ膳《ぜん》据え膳《ぜん》なら、食わないのは男が廃《すた》るってもんだ。

「パルテノス」

「はい？」

俺はパルテノスを抱き寄せた。

腰に手を回して顔を近づける。

パルテノスは一瞬で察して、目を閉じて顔を上げた。

すっかりと俺とのキスに慣れたパルテノス、唇を重ねて、舌を絡ませた。

キスをした後、そのまま膝裏に腕を回して、お姫様抱っこの姿勢で抱き上げた。

抱っこしたまま、一直線に自分の部屋にパルテノスを連れ込む。

そのままベッドの上に降ろして、覆《おお》い被《かぶ》さる。

「ユウト様……」

俺はもう一度パルテノスにキスをした。

彼女の方から激しく舌を絡ませてきた。

パルテノスの心も——体も。

一瞬で火がついた。

「ユウトさまぁ……」

甘えた声で、俺を呼ぶパルテノス。

「お慕《した》いしてます……愛してます」

「そうか」

「私は、全部ユウト様のものです。ユウト様だけのものです」

「当然だ」

俺はフッと笑った。

さっきのナノスに口説《くど》かれかけたことからくる告白——誓いの言葉だろうな。

もう一度キスをした。

三度目のキス、激しく絡む舌の快感が、体の中で股間《こかん》に直結した。

絡み合う舌がまるで股間とホットラインで直結したかのように、一瞬で腹に張り付くほどそび立った。

俺は最初の時と同じように、キスをしながら胸を揉《も》んで、スカートの中に手をさしこんだ。

さすがパーラーメイドの服、ちゃんとしてて脱がしにくいな――と思っていたら別のことに気づいた。

「お前、もう濡れてるのか」

「そ、そんなことは……」

「エッチなんだな、お前は」

「そ、それは……ユウト様だから、ですよ……」

パルテノスはそう言って、恨めしそうな目で俺を見つめた。

そんな可愛《かわい》らしい反応が、より股間にキてしまった。

俺はそのままパルテノスに覆い被さって、痛いくらいそびえ立っているそれを、彼女の中に収めた。

「んぅっ！」

文字通り体を貫く衝撃に、パルテノスは体を海老反《えびぞ》りにした。

手で口を覆って、漏《も》れかけた声を抑える。

ズンズン彼女を突いた。

衝撃ごとにパルテノスは声を上げるが、恥ずかしいのか必死に押し殺している。

こうやって我慢されると、より声を上げさせたくなるってもの。

俺は腰を動かした。

腰の動きだけで、彼女の口を塞《ふさ》いでる手をどかそうとした。

「んっ！　っっ――！　んっっくぅぅぅぅ――」

パルテノスは最後まで手を離さなかった。

必死に口を塞いだまま、達した後全身をけいれんさせながらも、口を押さえたままだった。

そんな彼女の額に音を立ててキスをした。

「……ぅ？」

「え？」

「もう一回するぞ」

宣言した後、まだ半ば放心している彼女を突くため、腰を動かした。

必死に我慢するエルフメイドが可愛くて、俺は、彼女が意識を失うまで可愛がって、抱き続けた。

☆

夜、ダイモンの書斎。

呼び出された俺は、ダイモンと机を挟んで向き合った。

「ナノスから話を聞いた」

ダイモンの言葉を聞いて、俺はため息をついた。

面倒だが、説明しないわけにいくまい。

仕方ない、告げ口になりそうだが、ここは――。

「責めるつもりはない。どうせナノスがお前に突っかかったんだろう」

「……まあ、な」

「娼婦《しょうふ》の身請けをしたときからお前に突っかかっていくだろうとは思っていたのだが、予想よりも早かったな」

「そうなのか？」

「成人の儀式のあと、あいつにあの娼館で色々練習を積ませたのだよ」

「ああ、そういえば婆《ばあ》さんがそんなことを言ってたな」

俺は頷《うなず》き、娼館の婆さんが言ってたことを思い出す。

確かにそうだった。

そしてあの時、婆さんはこうも言ってた。

「長男があれだけヘタレだというのに」

と。

……って、ことは。

「同じ娼婦を相手に、俺よりできることをアピールしようとした？」

「そういうことだ」

「子供だなあ……」

いやまあまだ十九歳の子供なんだけど。

ちなみに、社会に出て、ある程度経験を積んでいくと、大学生あたりでも全然子供に見えてしまう。

大学生でもそうなんだから、敵愾心《てきがいしん》の向かう先も、その手段もアホくさいくらいのナノスなんか、もう子供も子供、「ガキ」くらいにしか見えなかった。

「まあ、ナノスのことはどうでもいい」

「うん？」

どうでもいいって……。

なんのためにその話を持ちだしたんだ？

「お前、剣で変な技を使ったんだってな」

「……ああ」

「それがスキルコピーの成果なのか」

俺はなるほどと納得した。

そうか、ナノスの話を持ちだしたのは、この話を聞きたかったからか。

スキルコピー。

転生スキル【ノブレスオブリージュ】の効果。

そうだな、ダイモンはこっちの方が気になるんだったな。

俺は少し考えて、頷いた。

「ああ、多分間違いない」

「ほう」

【流麗《りゅうれい》なる長剣マスタリー】

俺はそう言って、腰の儀礼剣《ぎれいけん》を抜いた。

そうして、俺にしか見えないピンク色の残光を、室内で最大限「映《ば》える」ように振るった。

まるで部屋の中にオーロラがかかったかの如《ごと》き残光。

それもスキルの効果で、剣を持っているだけでなんとなく使えてしまう技だ。

「ふむ、確かに熟練の度合いが今のでも透けて見える」

「分かるのか」

「うむ。しかし……なんなんだその、流麗？」

【流麗なる長剣マスタリー】」

「【長剣マスタリー】なら知っているが、お前が今言ったそれは初耳だぞ」

「そうなのか？」

「ああ」

「……」

俺はあごを摘《つ》まんで考えた。

アウクソらメイドと違って、ダイモンは代々続いた男爵家の当主だ。

この世界では、知識は財産で、ナノスみたいなバカ息子でもない限り、基本は地位が高ければ高いほど、財産が多ければ多いほど、それに比例して知識が集まって入ってくるものだ。

代々続く男爵家の当主であるダイモンでも知らないっていうのは、どういうことなんだろうかと思った。

「父さん」

「なんだ？」

「【透視】の方は知っているのか？」

「それなら聞いたことがある。ものすごく貴重なスキルだ」

「そうか」

【視覚強化】から【透視】への進化。

【長剣マスタリー】から【流麗なる長剣マスタリー】への進化。

それを考えると、俺が身につけてるスキルはどれも上位で、希少なスキルだろうなと思った。

「なるほど、上位のスキルか」

ダイモンは、俺の顔から考えてることを読み取ったみたいだ。

話が早くていい。

「そういうことなのかもしれない」

「もしそれが本当なら……すごいことだぞ」

「そうだな」

「それは確実なのか？」

「いや」

俺は首をゆっくり横にふった。

そして、アリスのことを話した。

「アリスはスキルを持っているって気づかなかった。それが本当に持っていないのか、それとも未覚醒《みかくせい》なだけなのか。そこら辺をはっきりさせたい」

「……うむ、分かった。なら今まで通り好きにやるといい」

「ああ」

俺は頷いた。

元々そのつもりだったし、ムスクーリ当主であるダイモンの許可があれば、やりやすくていいと思った。

と、その時。ドタドタドタ——コンコン!!

けたたましい足音と乱暴なノック音のあと、ダイモンが応じるよりも早く一人の男が部屋に飛び込んできた。

「た、大変です！　ご当主様」

「どうした」

「しょ、荘園《しょうえん》が。荘園の連中が反乱を起こして、立てこもりました！」

「なに!?」

ダイモンはパンと机を叩き、椅子《いす》を倒すほどの勢いで立ち上がった。

15話

THE STRONGEST HAREM OF NOBLES

EP.15

　自分の部屋に戻ってきた俺は、窓際に座って、窓の外を眺めていた。

　そんな俺から少し離れたところで、アウクソとアリスの姉妹メイドが立っていた。

「また来たか」

　つぶやく俺。

　窓の外に見える庭。

　正門が開けられて、馬が飛び込んできた。

　すぐさま両横で待ち構えていた者が、たいまつを持って近づいた。

　馬から転がり落ちた男を起こして、何かを受け取って屋敷に飛び込んだ。

「よっぽどの緊急事態なんだな」

「あの……ユウト様」

「ん？」

「一体何が起きたんですか？」

アウクソが聞いてきた。

横のアリスも口に出していないだけど、姉同様不思議がっている表情をしている。

「ムスクーリ所有の荘園が、一斉に反乱を起こしたんだ」

「荘園ですか？」

「ああ、貴族の財源の大半となるのが荘園だ」

「それって、すごく大変なこと……？」

「そうだな。見ろ。早馬で知らせに来たやつがへばって起きれないだろ」

「でも……馬に乗ってきましたよね」

「馬を全力で走らせるとな、下手《へた》したら自分の両足でダッシュするよりも疲れるもんなんだ」

「そうだったんですか？」

「ああ」

乗馬はものすごく疲れる。

なんなら馬に乗っているだけで、ダイエットになるくらいカロリーを消費して疲れる。

馬は決して、「乗っているだけでいい」ものじゃない。

当然、農村の生まれであるアウクソとアリスはそのことを知らない。

「それに、時期も悪い」

「時期？」

「あっ」

「どうしたの？　アリス」

「お姉ちゃん、もうすぐ秋」

「……あっ」

アウクソはハッとした。

「そういうことだ」

俺は笑顔で頷《うなず》いた。

さすがにこっちは自分たちの経験に照らせば分かるよな。

この異世界では、季節という名のタイミングはものすごく重要なことだ。

例えば、貴族の義務の一つに、国が出兵するときに兵を出すというものがある。

貴族の領内から兵を出すだけじゃなくて、場合によっては貴族自身も出兵しなきゃいけない。

その場合、貴族の実に十割が、出兵が冬までに終わればいいと常に願っている。

なぜなら、貴族の財源の大半は荘園の収入や、農民からの徴税だ。

そして、大抵の農作物は冬を前に全部収穫される。

つまり、冬の前に税をとらなきゃいけないのだ。

今回も同じ話だ。

荘園の反乱。

それを収穫の季節までに納めなきゃ収入がものすごく減ってしまう。

「そ、それは大変です」

コンコン。

俺の部屋のドアがノックされた。

アウクソは俺を見た、俺は頷いた。

アウクソはドアに向かっていき、ドアを開けた。

すると、一人のメイドがいた。

メイドは廊下《ろうか》の向こうでぺこりと一礼した。

「ユウト様、旦那様《だんなさま》がお呼びです」

「父さんが？」

「はい、すぐにお越し下さいとのことです」

「分かった」

俺は立ち上がった。

「お前たちはもう休んでろ」

と、アウクソとアリスに言った。

二人が返事するのを待たずに、部屋を出て再び書斎に向かった。

数時間ぶりの書斎、ノックして中に入った。

「来たか」

「なんだ？　父さん」

「ああ、お前にやってもらいたいことがあってな」

「俺に？」

「荘園の反乱を探らせてみたが、外部から来た連中が無駄に扇動《せんどう》しているらしい」

「へえ」

そういうパターンか。

なんとなく、労組《ろうそ》に活動家が潜り込んでいらんことをしでかした――そんなパターンを思い浮かべた。

「だからそれを排除すればいい話になった。そこでだ、荘園の一つをお前に解決してもらいたい」

「俺に？」

俺は首をかしげた。

さすがに驚いた。

「なんで俺に？」

「理由は二つ、いや三つある」

「三つ？」

「一つ目、お前ももう大人だ」

「……あぁ」

そういえばそうだ。

まだ十七歳だが、成人の儀式を済ませている。

元の世界の古い言い方をすれば「元服《げんぷく》した」ってやつだから、そりゃまあ大人で、だったら家の仕事も手伝わにゃならんか。

「二つ目、ナノスは使えん。あいつは最悪の場合、荘園の人間ごと皆殺しにすればいい、とか言い出しかねん」

「……あぁ」

これまた納得だ。

長男であるナノスはこの場合当主の名代になるから色々任せるのに好都合なんだが、あいつがかんしゃくを起こして事態を悪化させかねない。

俺がダイモンでも同じように「黙って座ってろ」って言ってるところだ。

「三つ目、お前に行ってもらう荘園には、腕利《うでき》きの若い女剣士が護衛についてるという報告があった」

「分かった、行こう」

俺は即答した。

何が「理由は三つある」だ。

腕利きの若い女剣士……こっちをもっと早く言えってんだ。

「お前はお前で分かりやすいな」

「悪いかよ」

「いいや、まったく」

ダイモンはニカッと笑った。

荘園が反乱を起こしている最中とは思えない、さわやかな笑顔だ。

「男として生まれた以上、女を何人でも侍《はべ》らせる気概《きがい》くらい持ってもらわねばな」

そう言った直後、ダイモンはため息をついた。

「それときたら、あの二人は」

「ナノスもやる気はあると思うぞ」

ヤヌスは……まああの通りの優男《やさおとこ》だが。

「結果の伴《ともな》わないやる気を気概とは呼ばん。やる気があって、しっかりと結果まで出す。それがあって初めて『気概』と呼べる」

「そうか」

まあ、分からんでもない話だ。

「まあいい、それよりも荘園の件、任せていいな」

「その前に一つ」

「なんだ？」

「剣が欲しい」

「剣？」

ダイモンは小首をかしげて俺を見た。

俺の腰間《ようかん》には例の儀礼剣《ぎれいけん》がある。

「スキルで剣が使えるようになったし、荘園の件で実際に戦うことになるかもしれない。だったら、ちゃんとしたいい剣が欲しい」

「宝剣か名剣を、というわけか」

俺ははっきりと頷いた。

「意外だな、サルサの針、という言葉もある。お前がそんなことを要求してくるとは」

サルサの針——というのはこの世界のことわざの一つだ。

裸だった人類に服を与えたという女神サルサの神話からきている。

サルサはどんな針を使ってもその人間に合った服を作れる——という意味から、熟練者はどんな道具でもいけるって意味のことわざだ。

弘法筆《こうぼうふで》を選ばず、的なもんだ。

「道具が大事だ、父さん」

「うむ？」

「どんな腕前だろうが、いい道具を使えば効率が上がるし、悪い道具を使えば効率が下がる。女神サルサだろうが、いい針を使えばもっといいものを作れる」

「なるほど」

「腕さえあればどんな道具でもいけるなんて精神論を、俺は認めない」

ダイモンに向かってはっきりと言い放った。

元の世界でさんざん会社とやり合ってきたことだ。

十年落ちのパソコンを延々と使って、会社全体の生産性がクソだったのを見てきている。

クソのような道具のせいで効率が下がるのは我慢できない。

そう言い放った俺を、ダイモンはしばらくの間じっと見つめて——ふっ、と笑った。

「なんだ？」

「そんなことを教えたことはないのに、どこで覚えた」

「当たり前のことだ、少し考えれば分かる」

「貴族の子供からはそういう発想は普通出てこないものだ。常に最高のものしか使っていないからな」

「……」

「ふっ……これはもう生まれ持ったセンスだな」

ダイモンはまた笑いながら言った。
よく分からんが、褒められているらしい。

16話

THE STRONGEST HAREM OF NOBLES

EP.16

次の日、俺は一人で街を出て、郊外に向かった。

ダイモンからもらった紹介状を懐《ふところ》に、それを見せる相手の居場所に向かった。

向かっているのは、とある刀匠《とうしょう》の住む家だ。

どうやら職人気質の変人らしくて、街ではなく長年人里離れたところに住んで刀剣を打ち続けているらしい。

その刀匠から、いい剣を調達しに行くというわけだ。

街を出て歩くこと一時間、目的の山の麓《ふもと》に到着して、山を登ってさらに一時間。

ようやく、それっぽい場所に来た。

山の中腹くらいに、外からは見えないようにひっそりと隠れるようにして建っている一軒の家。

ベースの家から、何度も増改築を重ねているのが、パッと見ても分かるくらいの、手作り感満載の家だ。

俺はその家に向かい、扉の前に立ってノックした。

コンコン、コンコン。

何度ノックしても反応はなかった。

「えっと……バルカンさん、いるかバルカンさん」

ダイモンから聞いた名前を呼びながら、コンコンと扉を叩き続ける。

一分くらい叩いてようやく、ぎぃ、と扉が内側に開かれた。

出てきた一人の男。

固太りしている、いかにも気難しい職人っぽい感じの中年男だ。

「バルカンさんだな」

「何者だ、小僧」

「ユウト・ムスクーリという者だ。これは紹介状だ」

俺は懐からダイモンの紹介状を取り出して、バルカンに渡した。

バルカンはそれを受け取った。

裏面の封蠟《ふうろう》を見て、「ふん」と鼻をならした。

そして、そのまま部屋の中に入った。

扉は閉められてない、ってことは入っていいんだな。

そう判断した俺は、後を追いかけるようにして家の中に入った。

家は玄関と部屋の境目が曖昧《あいまい》な、ワンルームタイプの作りだった。

殺風景《さっぷうけい》な部屋の中には棚《たな》があった、様々な刀剣が置かれていた。

奥に丸椅子《まるいす》があって、椅子のそばに炉《ろ》のようなものとか、様々な道具が置かれている。

バルカンは椅子に座って、俺を見上げた。

「で、なんのようだ」

「紹介状の中は見なくていいのか？」

「こんなもの」

バルカンはそう言って、招待状をそばの炉にくべた。

招待状は一瞬で炎上して、燃え尽きた。

「どうせ肝心《かんじん》なことは書いてねえ。自分の言葉で話せ、小僧」

「それもそうだ。話はシンプルだ、いい剣が欲しい」

「なんでだ？」

「いい道具が欲しいって思うことに理由がいるのか？」

「……」

バルカンの眉《まゆ》がビクッと撥《は》ねた。

「……ふん、その辺にあるのから、適当に選んで持っていけ」

「いいのか？」

「やつに借りがある、欲しかったら十本くらい持っていけ」

借りか。

バルカンとダイモンの間に何かがあるみたいだな。

まあ、そんなのはどうでもいい。

くれるって言うのなら、ありがたくもらっていこう。

「じゃあ見せてもらう」

俺は身を翻《ひるがえ》して、棚に飾られていた刀剣を次々と手に取って、抜いてみた。

なるほどな、と思った。

スキル【流麗《りゅうれい》なる長剣マスタリー】は、どうやら長剣にしか効かないようだ。

いわゆる「刀」的なものを抜いても、刀身は光らないし、長剣を持ったときにはなんとなく分かる、使い方が分からない。

となると、この段階でまず半分くらいに候補が絞《しぼ》られる。

俺は刀を無視して、剣だけを次々と抜いてみる。

抜いて、その場でビュンビュンと振ってみる。

ああ、ちがう。

まずどの剣でも、儀礼剣《ぎれいけん》とは違う。

腰にある儀礼剣よりも切れるし、はっきりと扱いやすいと感じた。

百均《ひゃっきん》の包丁と数千円する包丁を使い比べて、違いがはっきりと分かるくらいの感覚だ。

これも【流麗なる長剣マスタリー】の効果だろうな、と思った。

そして、同じバルカンの長剣でも、少しずつ違いがある。

こっちは――たとえるのがすごく難しい。

とにかく違うって感じる。

俺は家の中にある全ての剣を、一度抜いて振って。

全部比べてから、一振りの剣を選んだ。

「じゃあ、これをもらっていいか」

「……なんでそれを選んだ」

「これが一番いい剣だからだ」

俺は即答した。

家の中にある全部の剣を振り比べた結果、今持ってるのが一番いいとはっきり感じた。

感覚的なものだが、はっきりとだ。

芸能人の格付けチェック的なことを、剣に絞ってやらせてもらったら百回でも二百回でも連続で当てられるという自信があった。

その自信で、はっきりとバルカンに答えた。

「なんでそう思う？」

「なんで?」

「ああ、なんでだ。そこまで言うからには理由があるんだろう」

「そうだな……」

俺はその剣をもう一度抜いて、試しに振ってみた。

やっぱりこれが一番だ。

その一番である理由を、説明できるように頭の中で言葉を探す。

「音、かな」

「……」

「振ったときの音が、こいつが一番いい」

「……」

バルカンは俺をじっと見つめた。

無表情のまま見つめてきた。

あまりにも無表情でじっと見つめてくるから、今の答えが、お気に召さない間違いの答えなんじゃないかって気分になってくる。

「……少し待て」

バルカンはそう言って、丸椅子から立ち上がった。

無言で俺の横をすり抜けて、家の外に出ていった。

「待ってれば……いいのか？」

首をかしげたが、まあ待てって言われたし、何かある雰囲気《ふんいき》だし……少し待つか。

俺は選んだ剣をいじくりながら待った。

数分後、バルカンが戻ってきた。

手に一振りの剣を持っている。

バルカンはそれを俺に突き出した。

「なんだ、これは？」

「とっておきだ、振ってみろ」

「……へえ」

なるほどそういうことか、と俺は思った。

今持っている、選んだ剣をちらっと見た。

【流麗なる長剣マスタリー】で選んだのは、間違いなくこの家の中にある全部の剣で一番の業《わざ》物《もの》だ。

それは多分、バルカン自身も最高傑作《けっさく》だと認めているものだ。

それをピンポイントで選んだ俺を気に入って、隠していたとっておきを出してきたってことか。

この手の職人によくある話だな、と思いつつ、選んだ剣を近くの棚に戻して、バルカンから剣を受け取った。

バルカンが持ってきたのは、家の中にある剣とははっきりと一線を画《かく》すような立派な拵《こしら》えだった。

それを抜き放ち、振るう。

「……ん？」

ピンク色の残光を曳《ひ》く剣を一通り振るってみた。

俺は首をかしげた。

さらに振るう、立派な拵えをじっと見る。

「……」

ダメだな、こりゃ。

バルカンが何を以《もっ》てこれを渡してきたのかは分からんが、これはダメだ。

俺は剣を鞘《さや》に納めて、バルカンに突き返す。

「返すよ」

「なぜだ？」

「こっちの方がいい剣だ、こっちをもらう」

俺はさっき選んで、一旦棚に戻した剣を再び手に取った。

立派な剣を受け取ったバルカン。

しばらくの間、俺をじっと見つめたかと思えば。

「ふ、ふふ、ふはーはっはっはっは！」

いきなり、天井を仰《あお》いで三段活用ちっくな笑い方をした。

「なんだ、いきなり」

「どうやら見る目は確かみたいだな」

「……試したのか」

「ああ、言葉と行動に惑わされずに正しいものを選ぶ、眼力は確かなようだ」

「……」

俺は呆《あき》れた。

そんな試し方をされてたのか。

よくよく意地の悪いおっさんだな、おい。

「小僧、名前は？」

ますます呆れて、ため息をつきつつ答えた。

「ユウト・ムスクーリだ。さっきも名乗ったぞ」

「そうか。ユウト」

「なんだ」

「三日待てるか」

「三日？」

「お前のための剣を打ってやる」

「俺のための？」

「それは確かに俺の中じゃ傑作だが、誰かのために打ったものじゃねえ。一晩くれたらユウトのために打ってやる」

「専用の剣ってことか」

俺は少し考えて、ふっと笑った。

断る理由なんてどこにもなかった。

「頼む」

「おう」

バルカンは最初に会った時からは想像もつかないような、楽しげな顔で笑ったのだった。

☆

三日後、俺は再びバルカンのところに来た。

ノックをすると。

「おう、入れ！」

この前とはまったく正反対の、歓迎してる声でバルカンが言った。

扉を開けて中に入ると、目の下にクマができているが、瞳そのものは爛々《らんらん》と輝いているバルカンの姿があった。

「丁度《ちょうど》いいところに来た、できたぞ」

バルカンはそう言って、机に三本の剣を並べてきた。

「三本？」

それを見て、首をかしげて聞く。

「刀匠《とうしょう》の験担《げんかつ》ぎだ。誰かのために打つときは三本まとめて打つ。そして受け取った人間は選んだ一本で他の二本をたたき折る。そうして本当の完成を見るんだよ」

「へえ」

面白い儀式だなと思った。

俺は三本の剣を次々と手に取って、抜き取って、振り比べた。

「……へえ」

「どうした」

「すごいな、差がほとんどない」

「ユウトはやはりいい目をしてる。そうさ、三本とも、今の俺の全身全霊を込めて打った。俺の限界まで攻めた出来だ」

「なるほど」

俺は頷《うなず》き、納得した。

バルカンが言ったことをさらに俺の感覚に落とし込めば、一本が百点満点でほかの二本が九十九点って感じの出来だ。

そこまで真剣にやってくれたのはありがたい。

「じゃあこっちをもらう」

俺はそう言って、百点満点の剣を受け取った。

「よし、じゃあそれで残りの二本をたたき折れ」

「ああ」

頷き、剣を抜き放った。

マスタリーでピンク色の残光を曳く剣を、残りの二振りに向かって振り下ろした。

「――むっ」

「どうした」

「光が……」

二本の剣をたたき折った瞬間、その二本の剣から光が溢れ出して、俺がもつ百点の剣に吸い込まれた。

それを取り込んで、剣が放つ光が一段と強くなった。

「光？」

首をかしげるバルカン、どうやらバルカンにはそれが見えていないようだ。

だが、俺にはなんとなく分かった。

「この儀式を最初にやり出したのって」

「あん？」

「きっと、スキル持ちだったんだろうな」

と言った。

そんな俺の推測を。

「よく知ってるな」

バルカンはあっさりと認めた。

俺は、ふっと笑った。

持っている剣を見つめた。

最初に思っていたのより、ずっといい剣を手に入れることができたようだ。

17話

THE STRONGEST HAREM OF NOBLES

EP.17

「ありがとうおっさん、この剣大事に使わせてもらう」

俺はかなり本気でお礼を言った。

バルカンが打ってくれたのは、間違いなくかなりの業物《わざもの》だって分かっているから、心からの感謝を伝えた。

「いいってことよ。分かるやつに打ってやれたってのはなあ、刀匠にとっても幸せなことなんだよ。世の中には名前だけで寄ってくる馬鹿が多いからな」

「そうか」

それはまあそうだろうな。

元の世界でもそうだった、この異世界でもそうだろう。

多分、どこの世界でもそういうもんだろう。

有名な職人の「ブランド」だけでありがたがるやつが。

「じゃあ、俺はこれで」

「おう。そうだ、これをユウトの父親に渡せ」

バルカンはそう言って、四つ折りにした紙を渡してきた。

内容までは分からないが、なんか汚い字——いや、性格が出る字で何かが書かれていた。

「手紙か」

「ああ」

「分かった、渡しとく」

俺はそれを懐《ふところ》にしまった。

貴族のダイモンはしっかり封筒に入れて、封蠟《ふうろう》まで捺《お》したのに対して、バルカンのはただの四つ折りの紙というのがちょっと面白かった。

「それじゃ……ああっ、そうだ」

「ん？　なんだ？」

「この前の——こいつだ」

俺は家の中を見回して、昨日最初に選んだ剣を手に取った。

「これ、もらっていいか？」

「ああ、いいけど……なんでだ？」

「俺ほどじゃないけど剣の才能を持った子がいる。その子に持たせたい」

「そうか。ああ、持ってけ」

「ありがとう」

最後にもう一度、まとめてお礼を言ってから、俺はバルカンの家を後にした。

☆

山を下りて、街に戻ってきた。

他のどこにもよらないで、一直線に屋敷に戻ってきた。

屋敷に入ると、丁度《ちょうど》出かけようとしていたらしいナノスとばったり会った。

「ユウト」

「ああ」

なんとなく頷《うなず》き返す。

ナノスの「ユウト」には、はっきりとした敵意があったので無視したくなったけど、それをするとますます面倒臭《めんどうくさ》いことになりそうだったから、会釈《えしゃく》程度は返しておいた。

そんなナノス、最初は敵視してきたかと思ったら、俺が持ってる二振りの剣を見るなり。

「はっ」

と、鼻で笑った。

「なんだ？」

「いい気になるなよ」

「いい気に？」

「名匠バルカンの剣をもらえたからといっていい気になるなよ、って言ってるんだ。そんなもの、ムスクーリの男なら誰でももらえるもんなんだ」

「……」

「俺も持ってるしな」

バルカンはそう言って、腰の儀礼剣《ぎれいけん》を見せびらかすようにしてきた。

「……ああ、そういうことか」

俺は思い出した。

バルカンの言葉が脳裏《のうり》によみがえった。

『世の中には名前だけで寄ってくる馬鹿が多いからな』

なるほど、それは一般論とかじゃなくて、ナノスのことを言ってたのか。

この様子だと、ナノスも前にバルカンのところに行ったんだろうな。

その時のバルカンとのやり取りは……まあ、なんとなく想像がつく。

「なんだ？　負け惜しみでも言うつもりか？　言っとくがな——」

「お？　ユウト、戻ってたのか」

屋敷の奥からダイモンが現れた。

ダイモンはまっすぐこっちに向かってきた。

ナノスは俺に何か言いかけたようだが、ダイモンが現れたからぐっと呑《の》み込んだみたいだ。

「ふむ、ちゃんともらえたようだな」

ダイモンは俺が持っている剣を見て、頷いた。

「ああ。そうだ、これ――」

俺は懐から四つ折りの紙を取り出して、ダイモンに手渡した。

ダイモンはそれを受け取って、微苦笑した。

「あいつは相変わらずだな」

四つ折りだけの手紙――というか伝言メモレベルのものを受け取ったダイモン。

それを開いて、中を見る。

「……ほう」

「どうしたんだ？」

「よほどバルカンに気に入られたようだな」

「ん？」

「わざわざお前のために打ったって書いてあるぞ」

「なにぃ!?」

横でナノスが驚愕《きょうがく》した。

「わ、わざわざって……特注ってことか?」

「ああ」

ダイモンはナノスに頷いた。

「……」

ナノスの顔が歪んだ。

わなわな震えて、顔が真っ赤になる。

そして俺を睨《にら》みつけたかと思えば——。

「いい気になるなよ!」

と、オリジナリティーのかけらもない捨て台詞《ぜりふ》を残して、身を翻《ひるがえ》した。

そんなナノスを見送る俺とダイモン。

ダイモンはため息をついた。

「まったく……」

「ん?」

「ナノスのやつ、自分が何をやっているのか分かってないようだ」

「どういうことだ?」

「あいつはお前に張り合っている」

「……まあ、な」

「あいつは長男だ。自分じゃ跡継ぎだと思い込んでる」

「ああ」

……ん？

思い込んでる？

俺が引っかかっているのに気づいていないのか、ダイモンはさらに続ける。

「跡継ぎってことは、あいつが見るべきなのは外だ、敵は外だ。弟を敵視していてどうする」

「あー……」

なるほど、そういう意味か。

ダイモンの言うとおりだと思った。

つまり、ダイモンの目には。

ナノスが自分から「跡継ぎに相応《ふさわ》しくないですよ」って言ってるように見えるわけだ。

そりゃ……ため息も出るな。

「まあいい。それよりもユウト、お前に伝言だ」

「俺に？」

「ああ、バルカンからだ。万が一剣が折れたらいつでも持ってこい、いくらでも直してやる。と」

「アフターケアか」

「ふふっ、よほど気に入られたみたいだな。なかなかないぞ、あの男がそこまで剣の使い手を気に入るのは」

「そうか？」

「ああ、控えめに言ってすごいことだ」

そうなのか。

まあ、それはありがたいな。

☆

ダイモンと別れた後、俺は女たちと屋敷の中庭にいた。

アウクソとアリスの姉妹、そしてパルテノス。

成人してから儀式をこなして、俺が抱いた俺の女の三人だ。

俺はバルカンからもらってきた剣。

最初に選んだ業物《わざもの》をアリスに渡した。

「これは……？」

「お前にやる」

「わ、私に？　これを!?」

アリスは思いっきりびっくりしていた。

まあ、そうだろうな。

ちょっと前まで農村の少女だ。

こんな武器になるような長剣なんて、持ったり見たりすることはおろか、それをどうこうするって考えたこともなかったに違いない。

が、今は違う。

「お前も【長剣マスタリー】が覚醒《かくせい》した、一本くらいは持っておいた方がいい」

「あっ……」

ハッとするアリス。

そして……もらった剣を大事そうに抱え持つ。

「ユウト様からもらっちゃった……」

「よかったね、アリス」

「うん、お姉ちゃん」

「羨《うらや》ましい……」

素直に祝福するアウクソと、つぶやいた言葉通りに羨ましそうな顔をしてるパルテノス。

「抜いてみろ」

「あ、はい」

半ば命令のように俺に言われて、慌てて剣を抜き放つアリス。

「あっ……」

「どうしたの、アリス」

「これ……なんかすごい」

「え？」

「やっぱり分かるか」

「は、はい！」

アリスの反応に頷《うなず》く俺。

【長剣マスタリー】。

コピーして進化、ということは、それは【流麗《りゅうれい》なる長剣マスタリー】の下位互換《かいごかん》なんだろうなと思った。

ってことは、俺が【流麗なる長剣マスタリー】でやったこと、感じたことは、レベルは低いながらもアリスもできるって可能性が高い。

そう思って、バルカンから剣をもらってきたのだが、大正解だったみたいだな。

「ありがとうございます！　ありがとうございます!!」

アリスは何度も何度も俺に頭を下げてきた。

「いいさ、それよりも振ってみろ。なんとなく分かるんだろ」

「は、はい！」

アリスは俺に言われた通り剣を振った。

棒立ちながらも、太刀筋《たちすじ》はなかなかのものだった。

「アリス……すごい……」

「こんなことができたのね」

その太刀筋の鋭さは、アウクソとパルテノスの目から見てもはっきりとすごいものだ。

「アリス」

「は、はい」

「遠慮《えんりょ》なく本気でやれ」

「えっ――」

アリスが理解する前に、俺は剣を抜き放って、アリスに斬りかかった。

「アリス⁉」

「危ない！」

アウクソとパルテノスが同時に声を張り上げた。

アリスは一瞬きょとんとしたが、すぐに気を取り直して、剣を振るって反撃した。

剣と剣が打ち合う。

火花が飛び散って、二人の間に電光が乱舞する。

スキル【流麗なる長剣マスタリー】をゲットしてから、初めて人に剣を振るった。

気分が高揚《こうよう》した。

今までも剣を振って、チンピラとかその辺の奴らを倒したことがある。

しかし、これは今までのとは全然違う。

気持ちよかった。

剣を正しく振るうことが、こんなにも気持ちいいことだとは思わなかった。

一通りそれをやった後、俺は一歩下がって剣を下ろした。

名残《なごり》惜しいが、これ以上やると本気になってしまう。

敵ならともかく、アリス相手に本気になってしまうとまずい。

だからやめた。

すると、アリスは。

「すごいです、ユウト様」

「ん？」

「すごいです。強くて、綺麗《きれい》です。それに――」

一呼吸の間を空けて、アリスはますます興奮した様子で続けた。

「全然本気じゃないのにそんなに強くて――すごいです」

「え？」

「本気じゃ、ない？」

驚いたのは、アウクソとパルテノスの二人だった。

「はい！」

アリスは二人の方を向いて、力説した。

「私もユウト様と同じようなスキルだから分かります！　私はもう全力なのに、ユウト様はまだ全然本気じゃなかったです！」

「本気じゃないのに……あんなにすごいんですか……」

「……」

二人はポカーンとしてから、ちょいと遅れて、尊敬の目で俺を見つめる。

「すごいです、ユウト様」

「……」

素直に俺を持ち上げるアウクソに、熱に浮かされた目で俺を見つめるパルテノス。

俺はふっと笑った。

そして、アリスを見た。

アリスとの模擬戦めいた剣戟《けんげき》を思い返す。

覚醒《かくせい》させたスキル、進化させたスキル。

【ノブレスオブリージュ】の結果、ただの村娘だったアリスと、達人のような戦いを演じた。

次も……こうなる、か？

「……ふふ」

例の女騎士、ますます楽しみになってきたぞ。

18話

THE STRONGEST HAREM OF NOBLES

EP.18

翌日、俺は半日をかけて、街の南西にある野営の陣地に来た。

ムスクーリ家の領内の、南西にある複数の荘園《しょうえん》の中間地点で、ダイモンはここに兵を集めていた。

数は三百。

荘園っていうのは、小さいものでは人口が百人前後、大きいものでも五百人を越えることはほとんどない。

そしてそれらは全部が「農民」だ。

たとえ五百人の農民だとしても、三百人の武装した兵士は充分に蹂躙《じゅうりん》し踏み潰せるほどの数である。

その数をここに集めたダイモン、荘園に対して「威圧」をしていた。

その多くのテントが張られている野営の陣地に、俺は馬に乗ってきた。

「ようこそいらっしゃいました、ユウト様」

陣地に入ると、一人の男が数人の兵士を率《ひき》いて俺を出迎えた。

武装はしていない、文官の役人って感じの、三十代くらいの男だ。

「お前は？」

俺は馬から降りて、聞いた。

「この部隊を率いるルキウスと申します」

「ふむ」

「ユウト様に直々にお越しいただけるなんて、心強い限りです。ユウト様が来て下さったのなら、反乱などもう解決したも同然でございます」

「そうかい」

俺は適当に返事をした。

俺はただの貴族じゃない。

貴族の家に生まれた世間知らずのおぼっちゃんじゃない。

異世界転生する前に、三十年近い人生経験を持つ、社会経験もそこそこある普通のサラリーマンだ。

目の前のこいつがお世辞《せじ》で言ってることくらい分かる。

というか、これくらい慇懃《いんぎん》無礼《ぶれい》なら普通分かるか。

まあでも、それを指摘する必要もない。

「で、荘園は今どうなってる」

「こちらへどうぞ」

ルキウスは俺を先導しだした。

陣地の中央くらいにある、他のに比べて一際《ひときわ》大きいテントの中に俺を案内した。

テントはざっくり二十畳《じょう》くらいある広さだ。

その広いテントの中央に、三メートル四方のテーブルがある。

テーブルの上は砂場のようになっている。

——って、砂場？

なんでテーブルの上に砂場？　って首をかしげた。

ルキウスは腕と同じくらいの長さの、T字型の道具を使って砂場をならして形作った。

あれだ、子供の頃野球やってたときに、グラウンド整備に使った「トンボ」のミニチュアだ。

それで砂場をならしていくと、徐々に分かってきた。

それは、このあたりの地形だ。

砂場の外周は山ができている、それは馬に乗ってここに来るまでに見えたまわりの山と同じ構造だ。

「お待たせしました。いま、我々はここです」

ルキウスはそう言って、積み木のような、陣地を模した小さな模型を砂場の上にポンと置いた。

「そして、ここと、ここと、ここに荘園がございます」

次に、農地をかたどる模型をそれぞれ置いた。

最初は「なんで砂場？」なのかって思ったけど、なるほどこれはジオラマだ。

どこに持っていっても簡単に自由に作り直せるジオラマだ。

こういうものがあるのか、とちょっと感心した。

「なるほど」

「明日、まずはここから制圧します」

ルキウスはそう言って、三つある内の一つの荘園をトントンと指先で叩いた。

「制圧？」

「はい」

「交渉はしたのか？」

「必要ありません」

ルキウスはきっぱりと言い放った。

「身の程をわきまえない愚民《ぐみん》どもです、とっとと制圧するに限ります」

「そうか」

分かりやすいやつだな、こいつ。

まあ、これくらい分かりやすいほうがいい。

説得しても無駄になると、短い発言からでも分かるくらい分かりやすいから、いい。

「分かった。もうひとつ」

「はっ、なんでしょうか」

「父さんは女剣士がいるって言った。どこだ？」

「はい、それは調べがついております――ここです」

ルキウスは別の荘園をさした。

「そうか」

「ここは最後を予定しております。少しお待ちいただければ、ユウト様に戦果を持って帰っていただけるよう――」

「じゃあ行ってくる」

俺は身を翻《ひるがえ》して、テントから出た。

「――がんばります、って、行ってくる？」

ルキウスは驚いた。

驚いて、慌てて追いかけてきた。

「ど、どこに行かれるのですか？　ユウト様」

追いかけてきたルキウスは、横から聞いてきた。

「あの荘園に乗り込んで話をつけてくる」

「お、お待ちください。それは危険です。我々が――」

「いいから、お前らはお前らの仕事をしろ」

「し、しかし」

「なんだ、俺が行っちゃまずいことでもあるのか？」

「そういうわけでは、ただ、お一人ではあまりにも危険です。各荘園には十数人、扇動《せんどう》している連中がいると聞きます。あの女もその内の一人です」

「そうか」

俺は歩き続けた。

そんなのは想定内だ。

「ユウト様」

ルキウスが呼び止めようとするのを完全に無視して、俺は乗ってきた馬にまたがった。

ルキウスが、テントの中の砂場に置いた荘園の場所に向かって馬を向かわせた。

馬に乗って約一時間、荘園が見えてきた。

そのまま近づくと、荘園の入り口に門番の男がいるのが見えた。

「止まれ！　何者だ！」

門番は武装していた。

明らかに荘園の農民じゃない、かといって正規の兵士とかでもない感じだ。

傭兵《ようへい》、それか盗賊《とうぞく》とかのごろつきって感じのやつだ。

「子供？　何者だ！」

俺は馬の上から、門番を見下ろしながら、言い放った。

「ユウト……ムスクーリだ」

門番が思いっきり驚いた。

「ユウト……ムスクーリだと！」

「知ってるのか？」

「領主の一族か」

「ああ。話をしに来た」

「話っていっても……こんな子供に……」

門番は見るからに困っていた。

荘園も最終的にはダイモンと交渉して、何か引き出すのが目的だから、「話」はするつもりでいただろうが、予想外の子供が来て困ってるみたいだ。

「当主の名代だ。話をするつもりがないのなら、このまま帰るぞ」

「ま、待ってくれ！　ちょっと待ってくれ！」

男は慌てて中に入っていった。

荘園の奥に引っ込んでいって、五分くらいしてまた慌てて戻ってきた。

「は、入れ」

「……そうかい」

俺は頷《うなず》き、馬を駆って荘園に入った。

馬上からだとよく見える。

荘園というのは、いわばどでかい農園だ。

むかし旅行で行った観光牧場とか、さくらんぼ狩りの農園とか。

そういうのと、ほとんど変わらない感じの見た目だ。

荘園によっては、畑だけ作って収穫するのと、収穫したものを加工する施設まであるのと二種類がある。

この農園はどうやら前者――畑だけのタイプみたいだ。

見渡すかぎりの畑と、民家と、倉庫くらいしかないシンプルな構造だ。

「お？」

進んでいくと、民家の一つの前に人が集まっているのが見えた。

集まっている人たちは全員こっちを見ている。

この荘園に前からいる農民と、門番と同じ感じの盗賊だか傭兵だかの連中と。

そしてもう一人。

例の女剣士がいた。

間違いない、ダイモンが言ってたのはこいつだ。

「ヒュー」

思わず口笛を吹いた。

思ったよりもいい女だったからだ。

白を基調にした立派そうな騎士鎧《きしよろい》を身につけていて、ピンと伸びた背筋が特徴的だ。

その上、貴族と見まがうくらいの美しい金色の長髪に、凛々《りり》しく美しい顔。

間違いない、いい女だ。

俺は連中の前に来ると、馬から飛び降りた。

「ほ、本当にユウト様が……」

「ん?」

男の農民の一人が俺を見て、若干《じやつかん》怯《おび》えた感じでそう言った。

「俺のことを知ってるのか?」

「は、はい。昔一度、遠くから」

「ふーん」

まあそういうこともあるなと思った。

「で、お前は?」

「は、はい。この荘園の園司《えんし》をさせてもらってます、スッラと申します」

「そうか」

「園司」ってことは、普段の時のここのリーダーってことか。

「で？　よそ者のリーダーは？」

俺はそう言って、農民以外の男たちを見た。

空気がピリッとした。

男たちがざわついた。

そのうちの一人が敵意丸出しで、俺を睨《にら》みつけてきた。

「小僧、あまりいきがるもんじゃあねえぞ」

「お前か、こいつらのリーダーは」

「口の利《き》き方に気をつけろ、小僧」

「お前こそ口の利き方に気をつけろ」

「なにぃ!?」

男はいきり立った。

「俺はムスクーリ家の人間で、家の代表でここに来た。その意味をこれ以上説明した方がいいか？」

「家の名前を出さねえと何もできねえのか、小僧」

「……はあ」

俺はため息をついた。

やっぱり分かってないのか。

「あなたの言葉がムスクーリの意思そのもの、ということだな？」

「お？」

俺は会話に割り込んできた声の方を――女騎士の方を向いた。

「お前は分かってるみたいだな」

「……それなりには」

「名前は？」

「セレスという」

「セレスか」

「おい！　どういうことだ？」

リーダーらしき男がセレスに怒鳴った。

セレスはちょっとだけ眉《まゆ》をひそめたが、男に説明をした。

「貴族は体面を重んじる。家名を背負った発言には重みがある」

その通りだ。

これは別に異世界の貴族だからって話でもない。

元の世界の会社員でも同じ話だ。

たとえ平社員でも、取引先で名刺を出したら、そこでの言動は会社を代表してのことになる。

だから言動には気をつけなきゃならないし、下手《へた》したらそれが問題になる。

もちろん平社員と貴族の息子じゃ、言えることのレベルに差があるが、本質は変わらない。

俺は家名を名乗ったのだ。

そのことを、女騎士のセレスは男に説明したが。

「ハン！　そんなの詭弁《きべん》だ。貴族なんてろくでもない連中の集まりだ、そんな奴らの言うことなんか信用できるか」

と、鼻で笑いとばした。

俺は呆《あき》れて、ため息をつきつつ男に言った。

「お前、まだ分かってないのか？」

「はあ？」

「お前は俺と交渉するつもりはない、そういうことだな？」

「あたりめえだ！　だれがお前のようなガキと――」

「もう一度確認するぞ、俺はムスクーリ当主の代理で来ている。俺とは交渉するつもりがないってことだな？」

「何度同じこと言わす――」

「そ、そんなことはありません！」

男が吐き捨てる前に、それまで成り行きをハラハラした顔で見守っていた園司のスッラが言ってきた。

「てめっ、何を言い出す！」

「わ、私たちはできればしっかりお話を」

「うん」

俺は頷いた。

どうやらこのスッラの方が頭が回るようだな。

「なら聞こう、お前たちの望みはなんだ？」

「は、はい。えっと……」

スッラはうつむき加減で、男と俺を交互に見比べた。

「おい、てめえ。分かってんだろうな」

「おい、ここにお前の部下は何人いる？」

「はあ？」

男は俺を睨んだ。

「何人いるのかって聞いてる」

俺はそう言いながら周りを見回す。

ちらほらと男の一味らしい連中は見えるが、人数ははっきりしない。

「そんなことなんの関係がある！」

「スッラ？」

「え？　あの……十七人です、はい……」

男の顔色をうかがいつつ、俺に答えるスッラ。

「十七人か、まあいけるだろ」

「はあ？　てめえなにを――」

「もういいからお前は死ね」

ザクッ！

俺は剣を抜き放った。

次の瞬間、剣の切っ先はもう男の心臓を貫いていた。

「きゃあああ!!」

女の悲鳴がこだました。

遠巻きに様子を見守っていた荘園《しょうえん》の人間の誰かだろう。

「てめえ！」

「何しやがる!!」

悲鳴や動揺《どうよう》とは別種の、怒りと怒号が俺に向かってきた。

男の仲間たちが一斉に、俺に襲いかかってきた。
俺はそいつらを迎撃した。
一人、また一人と斬り伏せていく。
「やめろ！」
少し遅れて、セレスも俺に攻撃してきた。
剣を抜いて、俺に斬りかかってくる。
それをいなしつつ、男らを斬り倒していく。
十人くらい斬り倒したところで、連中は及び腰になって襲ってこなくなった。
襲ってこなくなったが、そのうちの一人が荘園の人間を人質にとった。
人質を羽交《はが》い締《じ》めにして、首筋に武器の剣の刃を押し当てる。
「動くな！　こ、こいつがどうなってもいいのか」
人質をとったことで、俺は一旦止まった。
セレスの動きも止まった。
周りの荘園の民は、蜘蛛《くも》の子を散らすように逃げ出した。
残ったのは外部の盗賊まがいの連中と、人質にとられている荘園の女。
そして俺とセレス。
「やめろ！　荘園の人間には手を出すな！」

男を止めようとしたのはセレスだった。

「うるせえ！　てめえこそ、どっちの味方だ！」

「荘園の人間は関係ないだろ！」

「うるせえっつってんだろ‼」

男はセレスを一喝《いっかつ》した。

にらみ合う膠着《こうちゃく》状態になった。

俺は男を見つめて、聞いた。

「……どうするつもりだ？」

「武器を捨てろ！」

「違う。お前はそれでどうするつもりなのかって聞いてる」

「なに⁉　な、なめてるのか！　言うこと聞かねえと、こいつ殺すぞ」

「……やってみろよ」

「はあ」

「やってみろって言ってる」

「――っ！　なめんなああ！」

男は怒鳴り声を上げて、人質を斬るために、勢いをつけるために一旦刃を引いた。

こうなることは分かっていた。

いったんは首筋に押しつけた刃だったが、本当に斬るとなれば、勢いをつけるために引くってことを分かっていた。

元々持ってた常識なのか、それとも【流麗《りゅうれい》なる長剣マスタリー】のおかげで分かったのかは、よく分からない。

が、とにかく俺はそれが前もって分かっていた。

男が怒鳴ったのとほぼ同時に踏み込んで、刃を引いた瞬間、その剣を剣で弾き飛ばして、返す刀で斬り殺した。

人質があっという間に奪還されてしまい、他の連中はうろたえた。

そして——逃げ出した。

「ふん」

連中にはまったく用がないから、逃げ出すやつは放っておいた。

剣を持ったまま、セレスの方を向いた。

「お前は逃げないのか？」

「……」

セレスは複雑そうな顔をした。

俺とこれ以上戦うべきか迷ってる顔だ。

それなら大丈夫だろう、と、俺は剣を納めた。

そして、遠くに逃げているスッラを呼ぶ。

「スッラ」

「は、はい！」

スッラは慌ててこっちに駆け寄ってきた。

「こいつらはその辺に埋めろ。どうせお尋ね者だろう」

「わ、わかりました」

「で、お前らの話だが……」

「す、すみません！　出来心だったんです。その男に唆《そそのか》されて」

「ああ」

俺は頷《うなず》いて、スッラや他の荘園の民を見た。

確かに格好は質素で、貧乏寄りかもしれないが、何人かは太っている。

貧困にも何種類かある。

よくある貧困のイメージは痩《や》せ細ってガリガリなやつだが、じつは「そこそこの貧困」っていうのは太るものなんだ。

そこそこ貧乏だと、食うものが炭水化物中心になる。

芋《いも》とか、その辺を主食にしてると、かっこ悪い太り方をするもんだ。

だからそこそこの貧乏人だと、むしろ太ってるやつが多い。

三食コンビニの惣菜《そうざい》パンでも太るようにできている。

それに比べると荘園の民はまだ「太れて」いる。

歴史を振り返っても、食うにも困ったあげくの反乱は支配体制を覆《くつがえ》しかねないが、まだ食えてるレベルならガス抜きでいける。

「で、要求はなんだ？」

「そ、その……」

「……」

「あの……」

スッラは俺の顔色をうかがった。

周りにいる荘園の仲間たちをちらちら見て、救いを求めた。

荘園の民は「お前リーダーだろ」って感じの目でスッラを見た。

いい加減まどろっこしくなってきた。

「月一で旅芸人をやる」

「え？」

「金はもちろんこっち持ちだ。それでいいか？」

「旅芸人……本当ですか!?」

荘園の民たちの目が一斉に輝きだした。

「それでいいな」

「は、はい！　み、みんなもいいよな」

「「はい!!」」

荘園の民たちは一斉に頷いた。

やっぱりそっちか。

どうやらこっちの世界でも「パンとサーカス」の理論は通じるみたいだ。

☆

荘園の民たちが男たちの死体を片付けるのを尻目に、俺はセレスに話しかけた。

「で、お前はどうする？」

「……」

セレスは複雑そうな顔で、俺を見た。

「そもそもお前と連中は仲間じゃないだろ。なんでこんなことに関わった」

「この土地の民が搾取《さくしゅ》されてると聞いたのだ」

「搾取されてる人間があんなに太ってるか？」

「あ、ああ。私もここに来ておかしいなとは思ったのだ。だが、荘園の者が不満を持ってるのも確かだったし」

「それで迷ってた、か」

「ああ……」

セレスは意気消沈した。

「ちっ」

思わず舌打ちしてしまった。

めんどくさいにもほどがある。

俺の想定だと、セレスは連中と深く関わってて、ものすごい勢いで敵対してくる。

そうしたら力ずくで打ち負かして、それでものにしてしまおうって感じだった。

それが完全に想定外れで、面倒臭《めんどうくさ》いことこの上ない。

俺は少し考えた。すると、

「ほ、本当にすまない。なんでもするから許してほしい」

「へえ？」

俺はにやっとした。

これが漫画なら、自分の目か眼鏡《めがね》がキランって光っただろうなって思った。

「なんでもするって言ったか？」

「あ、ああ。私にできることなら」

「だったら俺の女になれ」

「……え？」

セレスは固まった。

そして徐々に顔を赤くして、肩をわなわなと震えさせる。

怒ってる――そうきたか。

「それはなんの冗談だ？」

「冗談を言ったつもりはない、俺の女になれ」

「……子供がそういう冗談を言うのは感心しないな」

「冗談を言ったつもりはないと言った」

俺は同じ言葉を繰り返した。

通達。

という感じの口調で言い放った。

セレスはわなわなと震えて、俺を睨《にら》んだ。

「……本気か？」

「いい加減しつこいぞ、何度同じこと言わせる」

セレスは冷笑した。

冷笑して、剣を抜いて俺に向けた。

「いいだろう、私を倒してみろ」

「倒せばいいのか？」

俺はふっと笑った。

やっかいだと思っていたが、一番分かりやすいパターンなのかもしれない。

「ああ。私を倒せれば煮るなり焼くなり好きにしろ」

「よし」

俺は剣を抜いた。

セレスに斬りかかった。

打ち合う長剣、剣戟音《けんげきおん》が響き、火花が飛び散る。

荘園《しょうえん》の民が何人かやってきた、いきなり戦い始めた俺とセレスを見て驚いた。

「その歳《とし》でその実力、自信を持つのもうなずける」

「ん？」

「だが」

セレスが目の前から消えた。

「――っ！」

俺は驚いた、とっさに一八〇度回転して振り向いた。

とっさの判断だった。

消えた印象は、煙のようにフッと消えたんじゃなくて、「ぱっ！」って消えたように見えたからだ。

つまり——高速移動。

ならば背後だと当たりをつけて、パッと振り向いて剣を構えた。

ガキーン！

剣戟音が再び響き渡る。

「よく見抜いた」

「ちっ！　速いな、鎧《よろい》がめちゃくちゃ重そうなのに！」

「もっと速くなるぞ」

「くっ！」

セレスは宣言通りさらに速くなった。

残像が見えそうなくらい速くなった。

それで前後左右から斬りかかってきた。

受けるので精一杯だった。

俺がそうなってるのを見て、セレスは一旦攻撃をやめて、距離を取った。

「これで分かったか、お前では私には勝てない」

と、勝利宣言をした。

「……お前、さっきの人質をとった男と同じだな」

「……なにぃ？」

「勝てるときは一気に押せ、王手したのに引くのはバカのやることだぞ」

「くっ、子供のくせに！」

セレスは怒って、再び超速度で襲いかかってきた。

スキル【予言】

アウクソからコピーして進化させたスキルのことを思い出した。

それを使った。

すると——見える。

キュピーンって感じの稲妻《いなずま》が、こめかみのあたりで煌《きら》めいた。

まるでレースゲームのゴーストのように、セレスの次の動きが見えた。

俺は立ったまま、後ろ手で剣を構えて、背後から来る斬撃をガードした。

「なっ！」

驚愕《きょうがく》したセレス、さらに速度をあげて別角度から攻撃してくる。

それも【予言】で読めた。足を一歩も動かさずに、斜め前からの攻撃を防いだ。

前後左右、飛び回って全方位からの攻撃を、俺は動かないまま捌《さば》いていった。

「ば、馬鹿な」

「いくぞ」

「なっ――」

予言でセレスが引くのが見えたから、その引く一歩先に踏み込んで、驚いたセレスの剣を弾き飛ばした。

そのまま、鎧の隙間《すきま》に当て身を喰らわす。

「がはっ……」

武器を奪われ、セレスはがくっと崩れて、片膝をついた。

俺は膝をつくセレスに、切っ先を突きつけた。

これで決着がついたな。

19話

THE STRONGEST HAREM OF NOBLES

EP.19

「俺の勝ちだな」

「くっ……」

のど元に剣を突きつけると、膝をついたセレスは顔をゆがめた。

剣が手の平からこぼれ落ちた。

「……私の、負けだ」

「よし。約束は覚えてるな？」

「ああ、煮るなり焼くなり――んぐっ！」

長剣を流れるような動きで鞘《さや》に納めて、セレスの唇を奪う。

目の前に、驚愕するセレスの顔が見えた。

ドン！

セレスは俺を突き飛ばした。

「何をする！」

「約束した通りだが」

「なに？」

「俺が勝ったら好きにさせてもらうという約束だったけど？」

「そ、それは……こんなことされるなんて思わなかったぞ！」

「自分の想像力不足を人のせいにするのか？」

「くっ！」

セレスはまた顔を歪めた。

俺は再びセレスに迫った。

抱きつき、首筋に舌を這《は》わせつつ、鎧の間から尻を揉《も》みしだく。

堅物《かたぶつ》の女騎士の体はちゃんと柔らかかった。

「や、やめろ」

「やめない」

「くっ……いっそ殺せ」

「へえ、ほー、ふーん」

俺はセレスを離して、一歩引いてジト目で彼女を見た。

「な、なんだ」

「いっそ殺せ、か。勇ましく聞こえるけど、それってつまり、『自分の言った言葉に責任持てませーん』って宣言だろ」

「――なっ！」

「約束は守れません、あの世に逃げまーす。でも自力じゃ逃げられないので逃がして下さーい。と。それと何が違う」

「くっ……」

セレスはさっきとは違う意味で、しかしますます顔を歪ませた。

戦いの中でもそうだが、セレスは「追い込む」と結構光るタイプの女だ。

今の表情にしてもそう。それを見ると、ドンドンドンドン追い込んであげたくなってくる。

「くっ……わ、分かった！」

「んん？　なにが？」

「二言《にごん》はない、好きにしろ」

「そうさせてもらう」

三度、セレスに迫る。

今度はキスをしながら、鎧の隙間から体をまさぐる。

そうしながら、彼女を近くの家に連れ込む。

荘園《しょうえん》の民がいたが、視線で追い出した。

「ん……ゃぁ……」

セレスの口から嬌声《きょうせい》が漏《も》れた。

戦ってる時の勇ましさとは裏腹に、彼女の口から漏れてくる嬌声は少女のように甘くなまめかしいものだった。

なめ回して、なで回す。

セレスの体をどんどん「開かせて」いく。

「な、なぜ」

「ん？」

「なぜ……こんなことを……」

「そんなに不思議か？」

「だって……男爵の息子なら、いくらでも美しい女を抱けるのに、なぜ、私を……」

「お前がいい女だからだ」

「う、うそだっ」

セレスは強く否定した。

顔が真っ赤になっている。

「す、好きにしろとは言ったが。からかいながらなのはひどいぞ！」

「からかってなんかない。話を聞いてここに来たが、実際に会って、そして剣を交えて。ますますいい女だと感じた。だから欲しくなった」

「ほ、欲しい……」

「俺の女にしたい」

「はぅ……」

セレスはふにゃ、となった。

まるで全身が骨抜きにされたかのように、崩れ落ちそうになった。

それを抱き留める。

「本当にもう……からかわないでくれ……」

セレスはか細い声で言った、懇願《こんがん》するように言ってきた。

懇願されたが、もちろん許してやるつもりはない。

俺はさらに、彼女の耳元でささやきかける。

「からかってない。セレス、俺の女にするぞ」

「うぅ……」

「さっきからずっと卑下《ひげ》してるが、それはもうやめろ」

「え……」

「お前は充分に美しい」

「……はぅ」

セレスの顔がますます赤くなった。

「ほ、本当に……？」

「ああ、本当だ」

「も、もし、もしうそなら――んぐっ！」

最後まで言わせなかった。

唇を塞《ふさ》いだ。

最初の時と同じように、セレスは驚愕《きょうがく》して至近距離で目を見開かせて、体が強《こわ》ばった。

しかし、今度は受け入れた。

目を閉じて、脱力してキスを受け入れた。

キスでますます脱力したセレスを、安っぽい作りの床《とこ》に寝かせた。

そして、鎧《よろい》を外そうとする。

「……むっ」

めちゃくちゃ苦戦した。

ブラのホックなら片手で簡単に外せるんだが、騎士鎧なんてまともに見るのも触るのもこれが初めてだ。

どこを何すれば脱がせられるのか、まったく見当もつかなくて知恵の輪を相手にしているような気分になった。

「こ、ここだ」

「ん？」

「ここ……」

セレスは恥ずかしそうにしつつ、俺の手を取って導いてくれた。

彼女の「案内」で、鎧の金具をパチンとはずして、脱がせてやった。

鎧を脱がせると、その下からレオタードのような姿が見えてきた。

俺は膝立ちの馬乗りの姿勢で、レオタードのセレスをまじまじと見下ろした。

「み、見ないでくれ」

「いや、見る」

「うう……。せめて、どこか暗いところで」

「ダメだ」

「くっ……いっそ殺せぇ……」

さっきの「くっころ」とは違う、「泣き」の入った「くっころ」だ。

だから突っ込まないで、彼女の体を見つめ続けた。

「こんな美しい体、見ないでいられるわけがない」

「ま、また美しいって言った」

「美しいぞ」

「はうっ！」

レオタードをずらして、セレスのおっぱいを露出させた。

いくつもの戦いをくぐり抜けてきたはずなのに、セレスの肌は染み一つない綺麗《きれい》なものだった。

そのおっぱいに吸い付いた、もう片方を同時に揉《も》みしだいた。

「ん……ひゃぅぁ!!」

ビクン！　とセレスの体が白魚のように跳ねた。

感度は抜群《ばつぐん》だった。

二つのおっぱいを、交互に吸って、揉んで、吸って、揉んでを繰り返した。

「うぅ……なんで、そんなに乳房ばかりを」

「いやか？」

俺は顔を上げて、セレスを見つめながら聞いた。

「い、いやというか……」

「こういうことは初めてか？」

「あ、ああ。相手がいなかった。私を女として見る男なんてまわりにいなかったから」

「なんだ」

俺は、はっと鼻で笑った。

「お前のまわり、節穴《ふしあな》しかいなかったのか」

「ええっ⁉」

「まともに見る目があれば、お前ほどの美しい女を放っておかなかっただろうに」

「そ、そうなのか？」

「ああ」

俺ははっきりと頷《うなず》いた。

まあ、嘘だ。

セレスがいい女なのは本当だ。

彼女が今まで口説《くど》かれなかったのは、ひとえに近寄りがたかったからだろうな。

腕が立つ上に、隙《すき》のない女騎士。

まわりが勝手に気後れして口説けなかったからだろうさ。

が、そんな「真実」はいらない。

少なくとも今はいらない。

女を抱くときに、甘い言葉と褒め言葉以外必要ない。

俺はさらに続けた。

「まあ、俺にとってラッキーだったがな」

「ラッキー？」

「ああ、そのおかげで他の男からお前を奪う手間が省《はぶ》けた」

「う、奪う」

「いい女が誰かのものになってたら、奪うしかないだろ？」

「……」

セレスはまっすぐ俺を見つめた。

「本当に、本当なのか？」

「本当だ」

「……そうか」

セレスは、ふっと笑った。

さっきとは違う意味で体から力がぬけた。

笑顔も……出会ってからで一番柔らかいものになった。

「まさか、そんなことを言われるとは思ってもみなかった」

「そうか？」

「女などとっくに捨てた身だからな」

「そんなもったいないことを良くできるな」

「ユウト」

「なんだ」

「私を……女にしてくれるか？」

セレスは俺をじっと見つめた。

女は捨てた——女にして。

俺は彼女にキスをした。

「当然だ」

「ありがとう」

礼を言う彼女。

そんな彼女の股間《こかん》に手を伸ばした。

レオタードをずらして、指でなぞる——すると。

「へえ、毛がないのか」

「だ、だめか？　ないと」

「いいや？　それも可愛《かわい》いさ」

そう言って、セレスの無毛の秘処をなで回した。

指でなでて、なぞって。

ジュクッ——って濡れた音を立てて、指の第一関節まで沈める。

「んんっ！」

セレスは声を上げた。

手の甲を口にあてて、口を塞《ふさ》いで必死に声を押し殺そうとする。

俺は執拗《しつよう》にそこを攻めた。

上から順に攻めてきたが、ここが一番敏感に反応した。

その反応をさらに引き出すために、指での愛撫《あいぶ》を続ける。

瞬く間に、股間が大洪水になった。

「た、たのむ……」

「ん？」

「そんなにいじめないでくれ」

「いじめてなんかいないぞ」

「だ、だったら——」

セレスは言いかけて、下唇をかんで一度言葉を途中で止めた。

自分の中にある恥ずかしさと激しく葛藤《かっとう》したあと、言葉の先を口にした。

「意地悪してないで、早く私を抱いてくれ」

「……はは」

なるほどな、と思った。

「前戯とか知識にないのか」

「ぜんぎ？」

「そのうち教えてやる、後戯もな」

「こうぎ……ぜんぎ……？」

俺はふっと笑いながら、ズボンを脱いで、セレスに覆《おお》い被《かぶ》さった。

「セレス」

「……」

「もらうぞ」

「うん……」

濡れた瞳で、セレスは小さく頷いた。

毛がなくてびしょ濡れになったその割れ目に照準を定めて――ズプッ！

「――っ!!」

プツン、と音がして、セレスと完全に繋《つな》がった。

――スキル【ノブレスオブリージュ】の条件を満たしました。

――スキル【ノブレスオブリージュ】発動します。

例の声が聞こえた。

――スキル【ノブレスオブリージュ】によりスキル【騎《き》士鎧《しよろい》マスタリー】を複製。

――スキル【ノブレスオブリージュ】によりスキル【騎士鎧マスタリー】が【不屈の騎士鎧マスタリー】に進化します。


次々と聞こえてくる声を、俺は無視して、後回しにした。

今は――。

「痛いか?」

「ううん、痛いけど、嬉しい。私も、ちゃんと『女』ができるんだな」

「最初から女だ。今から俺の女にする」

「うん……してくれ」

可愛すぎる、健気《けなげ》すぎるセレスを可愛がることの方が、今は大事だと思ったのだった。

20話

THE STRONGEST HAREM OF NOBLES

EP.20

全てが終わった後、俺はセレスに腕枕をしていた。

セレスは俺に体を密着させながら、聞いてきた。

「な、なあ」

「ん?」

「私、どうだった?」

「どうって」

「そ、その。具合、とか?」

「ああ、よかったぞ。俺の目に狂いはなかった、抱いてみて、ますますいい女だと惚《ほ》れ込んだぞ」

「そ、そう」

セレスはそう言って、俺にさらにくっついてきた。

体をさらに密着させて、俺の胸に顔を埋めてきた。

「ところで」

「なんだ？」

「【騎士鎧マスタリー】って、お前のスキルなんだな」

「どうして知っている」

　セレスはパッと起き上がった。

　体を起こして、驚いた目で俺を見下ろす。

「端的に言えば、俺のスキルだ」

「お前のスキル？」

「ああ。俺は抱いた女の持つスキルが分かる。そのスキルをコピーして、進化させる」

「進化……？」

「【不屈の騎士鎧マスタリー】。お前からコピーしたスキルが進化して、俺のものになった」

「そ、そういうスキルがあるのか？」

「ああ」

「……そうか」

　セレスは驚き、そして納得し。

　最後に、なぜか沈み込んだ。

「そう、か」

「どうした」

「いや。なんでも――」

「もしお前を抱いたのが、スキルのためだけだって思ってるのなら違うぞ」

「え?」

　驚くセレス。

「やっぱりそう思ってたか」

「だ、だって」

「世の中には一石二鳥という言葉がある」

「え?」

「スキルが手に入ったからといって、いい女を手放していい理由にはならない」

「い、いい女……」

「さっきからずっと言ってるだろ?」

「それは……そう、だけど……」

「いい女だって言ってるのをまだ信じてないみたいだな」

「それは……」

「よし、なら今からそれを証明してやる」

「証明?　ど、どうやって」

俺はセレスにキスをした。

「んぐっ！」

舌を絡ませて、激しく音を鳴らす。

濃厚なキスをセレスが息苦しくなるまで続けた。

強くて綺麗《きれい》な女騎士は、「女」としての自信に欠けているようだったから。

自分が美しくていい女だって信じてもらうまで、俺は何度も、彼女を抱き続けた。

☆

翌朝。

俺たちは街に戻った。

その道中で、俺は当たり前の疑問を、セレスにぶつけた。

「【騎士鎧マスタリー】っていうのは、どういうスキルなんだ？」

「鎧の重量を感じなくなるんだ」

「重量を感じない？」

「そうだ。分かりやすく言えば——この騎士鎧よりも下着の方が重く感じる」

「へえ」

俺は手を伸ばして、セレスの騎士鎧に触れてみた。

彼女が身につけているそれに力を加え、持ち上げるようにしてみた。

はっきりと重量を感じた。

鋼鉄の鎧は、見た目通りの重量があった。

少なくとも、俺の手には。

「これがまったく重くないってわけか」

「ああ」

「……となると、当然兵士の鎧だと——?」

「うむ、普通に重さを感じて、動きが大幅に制限されるだろうな」

「なるほど」

俺は小さく頷《うなず》いた。

スキル【騎士鎧マスタリー】。

セレスの説明だと、「騎士鎧」をつけたときだけ、その鎧の重量がゼロに感じるらしい。

下着よりも軽いっていうのなら、それはもはやゼロっていっていい。

それはすごいことだ。

鎧のデメリットは、とにかくその重さだ。

よほどのことがない限り、重さがそのまま防御力に直結している。

だから、防御力を上げようとしても、重すぎてまともに動けなくなってしまうことになる。

スキル【騎士鎧マスタリー】で騎士鎧の重さがゼロになるのなら、それは同じ鎧をつけている他の人間よりも速く動ける――実質的に素早さが上がるという効果があるのと一緒だ。

「すごいスキルだな」

「そうだな。昔からこれに助けられてる」

「となると、こっちのがますます気になってくるな」

「不屈の……だっけ」

「ああ、【不屈の騎士鎧マスタリー】。いくぞ、早くそれを試したい」

「分かった」

俺たちはペースを上げて、脇目も振らずに街に戻るため歩き出した。

☆

屋敷に戻ってきた俺たち。

屋敷に入ると、パーラーメイドのメリテが俺たちを出迎えた。

「お帰りなさいませ、ユウト様」

「父さんはいるか？」

「いいえ、旦那様《だんなさま》はユウト様とは別の荘園《しょうえん》に向かっております」

「そうか、だったら報告は後でいいか」

俺は少し考えて、メリテに聞いた。

「屋敷にこういう鎧はあるか？」

親指を立ててセレスを差しながら、メリテに聞いた。

「鎧……ですか？」

「ああ」

「申し訳ありません、ユウト様。私には……」

「そうか」

まあ、パーラーメイドだしな。

「おや、帰ってたんだ、ユウト」

「ヤヌス」

廊下《ろうか》の曲がり角の向こうから、ヤヌスが現れた。

ヤヌスは一直線にこっちにやってきて、俺と俺の後ろにいるセレスを交互に見比べた。

「上手《うま》くいったみたいだね」

「まあな」

「さすがだね」

「それよりヤヌス、屋敷に騎士鎧はあるか？」

「騎士鎧？」

「ああ」

「どうだったかな……もしあるとすれば離れの倉庫かも」

「なるほど、分かった、ありがとう」

ヤヌスにそう言って、身を翻《ひるがえ》して歩き出す。

今し方入ってきた扉から出て、ぐるっと屋敷の外を回って庭に来た。

さらに奥に進んでいくと、いくつも並んでいる倉庫があった。

港の倉庫街のように、同じ造りの倉庫がずらりと十個くらい並んでいる。

そのすぐ横に管理する者が常駐する小屋があった。

俺が倉庫の前に来ると、小屋から人が飛び出してきた。

中年の男で、人前に出ない仕事をしているからか、無精髭《ぶしょうひげ》を生やしてて髪もボサついている。

その男が俺の前にすっ飛んできて、へこへことしてきた。

「ユウト様！　な、何かお探しでしょうか」

「ああ、騎士鎧がどこかにないか？」

「騎士鎧でございますか？」

「ああ。俺が着れそうなやつ」

なんでもと言いかけて、言い直した。

「承知致しました！　いま探して参りますので、少々お時間をいただけますでしょうか」

「ああ」

俺が頷くと、男は一旦小屋から鍵《かぎ》の束を取ってから、倉庫の方に向かって駆け出していった。

「本当に」

「うん？」

「本当に貴族の男だったのだな、さっきから使用人たちがみなお前にへこへこしていた」

セレスが感心したような顔で、俺を見つめてきた。

「疑ってたのか」

「当然だ。普通、貴族の男がたった一人の女のために戦地に飛び込んだりしない」

「お前が欲しかったからな」

「うっ……」

セレスは赤面した。

騎士の鎧を身につけてキリッとした表情のセレスが、照れて赤面すると、普段からの落差で、より可愛《かわい》らしく見える。

今度は鎧姿のまま——。

「あ、ありました！」

男の声が思考に割り込んできた。

見ると、三番目の倉庫から、騎士鎧一式を載せた台車を押してこっちに向かってきていた。

それを俺の前に運んできた。

「こ、こちらのようなものでよろしかったでしょうか」

「ふむ」

俺は地面に片膝をつくようにしゃがんで、台車に載せてある鎧を見た。

確かに「騎士」の鎧だ。

そしてサイズは、今の俺にぴったりだ。

「よし、これをもらっていくぞ」

「は、はい！」

☆

台車を押して、庭に戻ってきた。

「さて……手伝ってくれ」

「あっ、はい」

セレスに協力を求めて、騎士鎧を身につけていった。

騎士鎧をフルスペックで身につけた。

自分の姿を見た。

十七歳の少年。

貴族の家だからそれなりの見た目に生まれた。

そして、騎士鎧。

今の姿はまるで、ファンタジー系のバトル漫画、その主人公の少年に見えた。

うん、悪くない。

「さて、これで色々テストするけど、手伝ってくれ。セレス」

「……」

「セレス?」

「……はっ、な、なんだ」

「どうした、ぼうっとして」

「い、いや……」

セレスは真っ赤になって、顔を背けてしまった。

「見とれてたのか?」

「うっ! そ、それは……」

そうか、見とれてたのか。

「ふっ……」

俺はセレスのあごを摘《つ》まんで、背けた顔を正面に向かせて──唇を奪った。

「あっ……」

触れるだけのキス、それでセレスはますます顔を赤くした。

「可愛いな、お前」

「そ、そんなこと……」

「後で可愛がってやる、今は手伝え」

「う、うん！」

話がまとまったところで、俺は体を動かしてみた。

「なるほど、確かに重さを感じない。不思議な感覚だ」

「ああ、私も最初の時はそうだった。何かを身につけている感覚はあるのだが、それがまったく重いとは感じない。普段着に上着の方がよっぽど重く感じる」

「そうだな。だが……」

「だが？」

「これだけならお前の【騎士鎧《きしよろい》マスタリー】と同じだ。【不屈の騎士鎧マスタリー】なら、上《じょう》位互換《いごかん》で何かあるはずだ」

俺はそう言いながら、体を動かしてみた。

何かないか？　何か——と注意深く体のあっちこっちに意識を向けながら、動かした。

するると。

「むっ」

「どうした？」

「ちょっと見てろ」

俺はそう言って、何もないところに向かって駆け出した。

地を蹴《け》って猛然と駆けていく——全力でのダッシュだ。

「……」

大体五十メートルくらいの距離を走ってから、ターンして引き返して、また全力でダッシュしてセレスのところに戻った。

「ふむ」

「何か分かったのか？」

「多分な。鎧を外すの、手伝ってくれ」

「比べるのだな、分かった」

セレスは察しが早かった。

着せたときと同じように、手を貸して騎士鎧を外すのを手伝ってくれた。

完全に鎧が外れて、元の格好にもどった。

鎧のない状態で、再びダッシュを始める。

全速でのダッシュで同じ場所に行ってから、ターンして引き返す。

そして、セレスの前に立つ。

「やっぱり……はっきりと違う。分かるか?」

「ああ」

セレスははっきりと頷《うなず》いた。

「鎧を身につけた方が……倍は速かった」

「ああ」

「鎧を身につけた時が逆に速くなる——スゴイことだぞ」

セレスはそう言って、俺は頷いた。

スキル【不屈の騎士鎧マスタリー】。

これは、すごいスキルだ。

21話

THE STRONGEST HAREM OF NOBLES

EP.21

セレスに協力してもらって、鎧ありとなしでいろいろテストしてみた。

小一時間くらいで、スキルの全貌《ぜんぼう》が分かってきた。

まず、攻撃力と防御力は変わらなかった。

違いがあるかも知れないと思って試したが、実際は何も変わらなかった。

そのかわり、速さ——俊敏さは格段に変わった。

直線のダッシュ力はもちろん、身のこなし全般が倍近く速くなった。

「なるほど、つまり、足を使った移動が速くなっているんだな」

「そうなのか？」

「ああ、剣を振るう速度は変わってないだろ」

俺はそう言い、剣を抜いてビュンビュンと振った。

途中で何度もやって比べて、セレスはそれを見ている。

だから、彼女ははっきりと頷いた。

「たしかに、こっちは変わっていない」

「移動速度が倍になった。これははっきりとしてる」

「重い鎧を身につけたというのに動きが逆に速くなる……改めて言葉にすると凄《すさ》まじいな」

「上位互換ってのはそういうことだから」

感心するセレスとは裏腹に、俺は普通に納得していた。

【不屈の騎士鎧マスタリー】のことは分かった。

俺の頭の中ではもっと別のことを考えていた。

「……セレス」

「なんだ？」

「他のマスタリーを知らないか？」

「え？　……ああ、一年くらい前に【板金鎧マスタリー】を持っている男と会ったことはある――男だぞ」

「それは残念」

俺はふっと笑った。

たとえどんなチートスキルだろうが、相手が男じゃ何もする気にはならない。

俺がそう言ったのを聞いて、セレスは見るからにホッとした。

俺は別の意味でほっとした。

騎士鎧と、板金鎧。

これで「鎧」系のマスタリーが少なくとも二種類あるってのが分かった。

こうなってくると、世界中にこの二種類ってだけのことはない。

鎧の種類だけでも十数種類はあるし、「装備」でくると盾とかそういうのもある。

つまり、装備系のマスタリーは他にももっとある。

効果も、多分だが種類によって違うって想定した方が自然だ。

と、なれば。

それらを俺のものにすれば、状況によって装備を変えて対処できるようになる。

うん、ますますスキルを増やして揃えていかなきゃな。

「あっ、ここにいらっしゃったんですか、ユウト様」

「ん？　アウクソじゃないか。どうした」

「旦那様《だんなさま》がお呼びです。落ち着いたら、書斎まで来てほしいとのことです」

「戻ってたのか、父さんは……分かった」

俺は頷き、セレスをちらっと見て。

「セレスに部屋を頼む。パルテノスの部屋の近くでいい」

「わ、分かりました」

「セレス」

「分かった」

二人を置いて、先に屋敷に戻っていく。

途中で振り向いて、肩越しにちらっと二人の姿を見た。

「……」

☆

二人と別れて、俺は屋敷に戻ってきて、ダイモンの書斎に来た。

ノックをして、「入れ」っていう返事の後、部屋に入った。

ダイモンはいつものように椅子《いす》に座っていて、書斎に入った俺を見上げてきた。

「ユウトか。どうだった?」

「荘園《しょうえん》の方は——」

「そっちは報告を受けている。その先だ」

「ああ」

俺は頷いた。

まあ、そうだろうな。

「前と同じだ、セレスからスキルをコピーした」

「ほう、どんなものだ？」

「【不屈の騎士鎧マスタリー】」

「聞いたことはないな」

「効果は二つ、騎士鎧を身につけると、鎧の重さを感じなくなる」

「それは便利だ」

「それに、動きが速くなる」

「速くなる？　鎧をつけているのにか」

「ああ」

俺ははっきりと頷いた。

「それはとんでもないな……」

ダイモンはセレスと同じ感想を口にした。

まあ、普通はそういう感想になるな。

「それよりも父さん」

「うん？　なんだ」

「屋敷を出たい」

それを言うと、ダイモンは驚いた。

「何を言ってるんだ？」

俺はさっきちらっと見た、アウクソとセレスの姿を思い出しつつ、答えた。

「アウクソ、アリス、パルテノス、セレス。俺の女が四人になった。四人の女を抱えて実家の屋敷は狭すぎる」

「ああ……」

最初は驚いたが、俺の言葉を聞いてダイモンは納得した。

「確かにそうだな」

「ああ、だからこの屋敷を出たい」

「ふむ」

ダイモンは腕組みして、後ろに体を倒して椅子の背もたれに背中を押しつけた。

そのまま天井を見上げて、考える仕草をした。

「ダメなのか?」

「いや、考えているのはそれではない」

「じゃあなんだ?」

「お前はこれからも女を増やしていくのだろう?」

「ああ」

スキル【ノブレスオブリージュ】の効果は、もうほぼ確定した。

これからもいい女を抱いて、いいスキルをゲットしていく。

当面の目標、いや生涯《しょうがい》の目標になりうるものができたといってもいい。

今は四人だが、今後十人とか二十人とか、そういうレベルじゃなくて、もっともっと女が増えていくのは間違いない。

「増やしていくのを見越した先を考えているのだ」

「そうか」

「……荘園を一つやろう」

「荘園？」

「ああ」

「なるほど」

俺は小さくうなずいた。

荘園というのは、いわば一つの村だ。

これからもどんどん女を増やしていく俺に、屋敷ではなく村レベルの箱をくれるという。

「それはありがたい」

「前にモンスターに襲われて、復旧せず放置したままの荘園だ」

「なんだってそんなところを」

俺は首をかしげた。

ムスクーリ家はいくつも荘園を持っている。

わざわざそんなところを持ち出さなくてもいいのに——と思ったが。

「一からお前のものにしろ。自分の女を増やして住まわせるための荘園だ、関係ない人間、特に男なんていない方がいいだろう」

「……ああ」

これまたなるほど、と頷《うなず》いた。

確かにそうだ。

絶対じゃないが、確かにこの場合、荘園の中に男はいらない。

もっといえば、抱いていない、俺の女じゃない女さえもいらない。

せっかくだ、荘園の中は全員が俺の女にしたい。

ダイモンの提案はそれに添ったものだ。

「分かった。ありがとう、父さん」

☆

書斎を出て、自分の寝室に戻ってきた俺。

鈴を使ってアウクソとアリスの二人を呼び出した。

メイド姿の二人は、呼ばれてすぐにやってきた。

「お呼びですか、ユウト様」

アリスはメイドらしい口調で言った。

俺は頷いた。

「頼んでおくことが二つある。まず、明日の朝はお前たちが来い。朝の身支度《みじたく》はお前たちにやってもらう。いいな」

「分かりました」

「……」

「それと、引っ越しの準備をしろ。詳しい話は明日するが、要するにこの屋敷を出て独立する。パルテノスとセレスにも伝えておけ」

「うん、分かった——じゃなくて、分かりました」

「……」

まだまだメイドに慣れてないのか、アリスは振る舞いにちょこちょこ地が出る感じだ。

それもまたアリスらしいから、別に指摘するでもなく好きなようにさせた。

——のは、いいんだが。

「アウクソ？」

「え？」

「どうした、さっきから元気がないぞ」

「そ、そんなことは——」

「ですよね、やっぱりユウト様もそう思いますよね」

否定しようとしたアウクソを、妹のアリスがズバッと逆に否定した。

「さっき部屋から帰ってきてから、なんだか様子がおかしいんですよね」

「何かあったのか？」

「そ、その……」

「言ってみろ」

「その……ば、ナノス様が」

「ナノスが？　あいつがどうした。まさか口説《くど》かれでもしたのか？」

「えええ!?　そ、そんなことはないです」

「冗談だ、そんなに焦るな」

俺はふっと笑った。

「あいつはメイドを見下している、口説こうとはしない。どっかに閉じ込めて、無理矢理手籠《てご》めにしようとすることはあるかもしれんが」

「そういう人なんですか？」

「まあな。で、ナノスがどうしたって？」

「その……ユウト様のことを逐一《ちくいち》報告しろって」

「俺のことを？　……お前にスパイをやれってのか」

「はい」

「なるほど、で、いくらもらった」

「え？　いくらって……お金、ですか？」

「ああ、買収されたんだろ？」

「いえ……命令されただけ、ですが……」

「……あいつバカか」

俺は納得半分、呆《あき》れ半分でため息をついた。

つい、普通に考えていた。

俺のメイド、俺の女に裏切れって言うからには、金を積んで言うことを聞かせたものだと思っていた。

だがそうじゃなくて、ただ命令しただけだという。

ナノスのやつ、自分が跡継ぎの長男だからって、メイドは当たり前のように自分の命令を聞くもんだって思ってるな？

まったく、バカにもほどがある。

「あの、私どうすれば」

「何もしなくていい」

「え？」

「だって、明日から屋敷を出て独立するんだから」

「……あっ」

「何も問題ないだろ？」

「はい！」

ぱあっと顔がほころび、背筋がピンと伸びるアウクソ。

板挟みになることもないと分かって、ホッとした様子だ。

「よし、話はそれだけだ。明日の昼過ぎに出るから、準備しとけ」

「はい！」

「分かった！」

アウクソとアリスの姉妹は俺に一礼して、部屋から出ていった。

一人になった部屋の中で。

「ふーん」

俺は、ちょっかいを出してきたナノスに呆れていた。

22話

THE STRONGEST HAREM OF NOBLES

EP.22

翌朝、俺は女たちを引き連れて屋敷を発《た》った。

アウクソとアリスの姉妹、パルテノスとセレス。

四人の女を連れて屋敷を発った。

乗ってるのは幌馬車《ほろばしゃ》。

「こ、こんな馬車があったんですか？」

驚くのはアリス。

「すごいです、ユウト様。この幌馬車、確かムスクーリ家でも二台しかなかったはずですよね」

メイド歴がそこそこ長いアウクソは、そのことを知って感動していた。

「ああ、父さんが使えって言ったんだ」

「すごいな……中、まるで小さな家ではないか」

感心するセレス。

俺も感心していた。

この幌馬車は、俺も初めて見た時はびっくりした。

サイズでいえば四トントラックくらいはあって、輓馬《ばんば》のような特殊な馬二頭に曳《ひ》かせている。

中はといえば、ベッドやテーブルやソファーと、ワンルームくらいの広さはある。

それで幌で覆《おお》っているから、締め切れば暖かいし、空ければ風通しがよくて涼しいと完璧《かんぺき》だ。

「まあ、その分遅いがな」

さすがにこのデカブツを曳くのは大変だ。

輓馬二頭でも、人間が歩くのと同じくらいのスピードしかでない。

「例の荘園《しょうえん》までどれくらいかかるんだ？」

セレスが聞いてきた。

「歩いて三日って聞いたから、それくらいだろう」

「三日か」

「この馬車ならゆっくり行けますよ」

「そうだな」

俺は四人の女を見た。

さて。

やることはないし、ここは――。

「ひひーん」

馬が同時にいななき、馬車が止まった。

「きゃあ」

「な、なに!?」

「――」

俺は幌馬車から飛び出した。

明らかにただ事じゃない。

飛び出すと、盗賊《とうぞく》に囲まれていた。

「おうおう、めずらしいもん乗ってんな、貴族のぼっちゃまよ」

「こんなのに乗ってるのに護衛もつけないのはだめだぜえ」

盗賊たちはニヤニヤしてきた。

「……なんのつもりだ」

「なあに、俺たちも別にたいしたことはするつもりはねえ」

「そうそう、ちょいと通行料をもらえればそれでいいのよ」

「通行料か」

ある意味分かりやすい。

「大丈夫か？」

セレスが顔を出してきた。

「おっ、綺麗《きれい》な姉ちゃんがいるじゃねえか」

「なあ兄貴、俺思うんだけどよ」

「俺も同じことを思ってたぜ」

「だよな」

「ああ、金なんていくらでも。ここは女をもらっとくか」

「むっ」

「「「ユウト様」」」

「なんだ？　たくさんいるじゃねえか」

「よっしゃ、全部もらってこうぜ」

「全員まとめて可愛《かわい》がってやるよ」

男たちは下品な言葉をなげかけてきた。

何人かは腰を前後に揺らし、さらに下品な仕草をした。

「……ふん」

「ユウト様、ここは私が」

「必要ない」

俺は剣を抜き放った。

男たちに向かって言った。

「お？　なんだやるのか？」

「おいおい、貴族のぼっちゃん、無理はしなさんな――」

言い終える前に斬った。

「きゃあああ」

「なっ！」

「てめえ、甘い顔してりゃつけあがりやがって！」

男たちが一斉に襲いかかってきた。

「あまい」

【不屈の騎士鎧《きしよろい》マスタリー】。

それで上がった速度。

同時に副次的な作用もある。

人間は、自分の速さに感覚がアジャストされる。

ようするに自分の速度が上がると、まわりが遅く見える。

【不屈の騎士鎧マスタリー】で速度が倍になった俺。

つまり、まわりが半分に遅く感じるようになった。

ひょいひょいとかわす。

「なっ」

「てめえちょこまかと」

男たちがいきりたって、さらに襲ってくる。

この程度か。

【流麗《りゅうれい》なる長剣マスタリー】

スキルの卓越した剣技で盗賊を斬り倒していく。

五人いたが、あっという間に全員倒した。

血払いして、剣を鞘《さや》に納める。

「すごい！」

「さすがユウト様」

「ゆ、ユウト様」

「なんだ？」

「血が、返り血が一滴もついてない……」

驚くセレス。

「ああ、かかりそうだったけどよけた」

「すごい……」

俺は盗賊たちを蹴《け》って横にどかした。

女たちと馬車に戻り、再び発進する。

「「「……」」」

　全員が俺を見つめていた。

　濡れた目で見つめてきた。

「どうした」

「……ユウト様」

　パルテノスが一番に動いた。

　俺に抱きついて、キスしてきた。

　キスを受けた。

　そして聞く。

「どうした？」

「ユウト様の格好いい姿を見て……体が熱くなっちゃって」

「なるほど」

「ユウト様」

「ユウト様」

　アウクソとアリスも同じように、濡れた瞳で俺に迫ってきた。

　と、なると。

「セレス？」

「え？」

「これから彼女たちを抱く、お前もこい」

「え……あの……」

「いいからこい」

「は、はい……」

少し強引に押し切ったが、セレスはむしろ嬉しそうにうなずいた。

全員を脱がして、ベッドの上に寝かせた。

女たちを次々と泣かせた。

アウクソに挿入した。

終わった後、妹のアリスに挿入した。


——スキル【ノブレスオブリージュ】の条件を満たしました。

——スキル【ノブレスオブリージュ】発動します。


「なに？」

「どうした？」

「ユウト様？」

まだのパルテノスとセレスが首をかしげる。
俺は驚いた。
――スキル【ノブレスオブリージュ】により体力が回復します。
体力が回復だと？
どういうことだ？
……まさか。
「パルテノス」
「はい」
パルテノスは恥じらいながら俺を受け入れた。
パルテノスもイかせた。
――スキル【ノブレスオブリージュ】の条件を満たしました。
――スキル【ノブレスオブリージュ】発動します。
――スキル【ノブレスオブリージュ】により体力が回復します。

さっきと同じ言葉が聞こえてきた。

そして、はっきりと気づく。

三回出したのに、ピンピンしている。

「セレス」

「や、優しくしてくれ」

「ああ」

セレスもイかせた。


――スキル【ノブレスオブリージュ】の条件を満たしました。

――スキル【ノブレスオブリージュ】発動します。

――スキル【ノブレスオブリージュ】により体力が回復します。


同じ言葉が聞こえてきて、ピンピンが継続する。

……これって、もしかして。

☆

次の日の朝。

俺はパルテノスだけを抱いた。

「ユウト様……」

「なんだ？」

「大好きです」

「そうか、俺もおまえのこと好きだぞ」

「嬉しい……」

パルテノスは俺の胸に顔を埋めた。

何も起こらなかった。

☆

昼、今度はセレスを抱いた。

「ユウト様、こんなみんなに見られたままで」

「全員俺の女だ、恥ずかしがることはない」

「で、でも」

「お前たちは見られるのはいやか？」

幌馬車《ほろばしゃ》の中だから、必然と見られた状態になってる。

アウクソとアリスは困ったが。

パルテノスは即答した。

「全然恥ずかしくない」

「ということだ」

「ねえユウト様」

「ん？」

「私たちも……というか、お手伝いとかしたほうがいい？」

「いやいい、今日は一人ずつ可愛《かわい》がりたい気分だ。アウクソ、アリス。二人とも後でゆっくりな」

「はい」

「うん……」

二人は恥じらってうつむいた。

俺はさらにセレスを抱いた。

恥ずかしがって、いやいやする彼女をとことん可愛がった。

「……」

ノブレスオブリージュの声は最後まで聞こえてこなかった。

☆

夜、全員が寝た後で。
馬も寝た後で、俺は外に出た。
今日は一日、馬車の中で四人を順番に抱いた。
ノブレスオブリージュは発動しなかった。
明日またチェックしなきゃならんが、推測は立っている。
3P以上で、連続して抱いたら、体力が回復するって出る。
ノブレスオブリージュ。
本来の意味は貴族の義務だ。
貴族の義務は、持たないものに与えるというのが本質だ。
それが複数の女を抱くことに繋《つな》がる。
よく分からんが、これはますますハーレムを作るっきゃないな。

あとがき

皆様初めまして、あるいはお久しぶり？

台湾人ライトノベル作家の三木《みき》なずなです。

この度《たび》は拙作《せっさく》『異世界最高の貴族、ハーレムを増やすほど強くなる』を手に取って頂きまして誠にありがとうございます。

ゲームでよく見るシステムとして、敵を倒して経験値などをゲットして、それで新しいスキルを覚えていくものがあります。

本作はハーレムを増やすとか、セックスするとかが経験値になって、スキルを覚えます。

セックスをする↓スキルを覚える↓スキルが増えてセックスしやすくなる↓スキルも増やしやすくなる。

という、わらしべ長者アダルト版みたいなのがコンセプトになります。

なずなの他作品同様、宣言したコンセプトをしっかり守った作品ですので、安心してお手に取って下さい。

続きを皆様にお届け出来ることを祈りつつ、筆を置かせて頂きます。

二〇二一年六月某日　なずな　拝

ダッシュエックス文庫

異世界最高の貴族、ハーレムを増やすほど強くなる

三木なずな

2021年7月26日　第1刷発行

★定価はカバーに表示してあります

発行者　北畠輝幸
発行所　株式会社　集英社
〒101−8050　東京都千代田区一ツ橋2−5−10
03(3230)6229(編集)
03(3230)6393(販売／書店専用) 03(3230)6080(読者係)
印刷所　大日本印刷株式会社

ISBN978-4-08-631430-5 C0193